作家与故乡

胡适的绩溪

胡适 著 陆宗寅 编选、摄影

生活·讀書·新知 三联书店 生活書店出版有限公司

图书在版编目（CIP）数据

胡适的绩溪 / 胡适著；陆宗寅编选、摄影．— 北京：生活书店出版有限公司，2014.3
（作家与故乡）
ISBN 978-7-80768-017-8

Ⅰ．①胡… Ⅱ．①胡… ②陆… Ⅲ．①散文集—中国—现代 Ⅳ．① I266

中国版本图书馆 CIP 数据核字 (2013) 第 274135 号

出 版 人 樊希安
丛书策划 李 昕
责任编辑 郝建良
装帧设计 罗 洪
责任印制 常宁强
出版发行 生活書店出版有限公司
（北京市东城区美术馆东街22号）
邮　　编 100010
经　　销 新华书店
印　　刷 北京隆昌伟业印刷有限公司
版　　次 2014年3月北京第1版
2014年3月北京第1次印刷
开　　本 635毫米×965毫米 1/16 印张12.75
字　　数 120千字 图125幅
印　　数 0,001–8,000册
定　　价 45.00 元
（印装查询：010–64002717；邮购查询：010–84010542）

目录

绩溪上庄村口冬景。

我生在光绪十七年十一月十七日（1891年12月17日），那时候我家寄住在……

九年的家乡教育

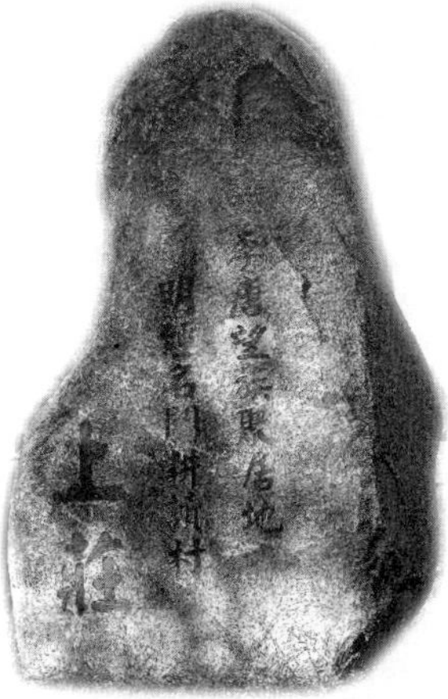

上庄村口勒石。

一

我生在光绪十七年十一月十七日（1891年12月17日），那时候我家寄住在上海大东门外。我生后两个月，我父亲被台湾巡抚邵友濂调往台湾；江苏巡抚奏请免调，没有效果。我父亲于十八年二月底到台湾，我母亲和我搬到川沙住了一年。十九年（1893）二月二十六日我们一家（我母亲、四叔介如、二哥嗣秬、三哥嗣秠）也从上海到台湾。我们在台南住了十个月。十九年五月，我父亲做台东直隶州知州，兼统镇海后军各营。台东是新设的州，一切草创，故我父不

上庄秋色　境内群山环抱，名人辈出，是久负盛名的历史文化名镇。

能带家眷去。到十九年底，我们才到台东。我们在台东住了整一年。

甲午（1894）中日战争开始，台湾也在备战的区域，恰好介如四叔来台湾，我父亲便托他把家眷送回徽州故乡，只留二哥嗣秬跟着他在台东。我们于乙未年（1895）正月离开台湾，二月初十日从上海起程回绩溪故乡。

那年四月，中日和议成，把台湾割让给日本。台湾绅民反对割台，要求巡抚唐景崧坚守。唐景崧请西洋各国出来干涉，各国不允。台人公请唐为台湾民主国大总统，帮办军务刘永福为主军大总统。我父亲在台东办后山的防务，电报已不通，饷源已断绝。那时他已得脚气病，左脚已不能行动。他守到闰五月初三日，始离开后山。到安平时，刘永福苦苦留他帮忙，不肯放行。到六月廿五日，他双脚都不能动了。七月初三日他死在厦门，成为东亚第一个民主国的第一个牺牲者！

这时候我只有三岁零八个月。我仿佛记得我父亲死信到家时，我母亲正在家中老屋的前堂，她坐在房门口的椅子上。她听见读信人读到我父亲的死信，身子往后一倒，连椅子倒在房门槛上。东边房门口坐的珍伯母也放声大哭起来，一时满屋都是哭声，我只觉得天地都翻覆了！我只仿佛记得这一点凄惨的情状，其余都不记得了。

夏临上庄 村口古树参天，水环以幽。

二

我父亲死时，我母亲只有二十三岁。我父初娶冯氏，结婚不久便遭太平天国之乱，同治二年（1863）死在兵乱里。次娶曹氏，生了三个儿子，三个女儿，死于光绪四年（1878）。我父亲因家贫，又有志远游，故久不续娶。到光绪十五年(1889),他在江苏候补,生活稍稍安定,才续娶我的母亲。我母亲结婚后三天,我的大哥嗣稼也娶亲了。那时我的大姊已出嫁生了儿子。大姊比我母亲大七岁。大哥比她大两岁。二姊是从小抱给人家的。三姊比我母亲小三岁,二哥三哥(孪生的)比她小四岁。这样一个家庭里忽然来了一个十七岁的后母,她的地位自然十分困难,她的生活自然免不了苦痛。

结婚后不久,我父亲把她接到了上海同住。她脱离了大家庭的痛苦,我父又很爱她,每日在百忙中教她认字读书,这几年的生活是很快乐的。我小时也很得我父亲钟爱,不满三岁时,他就把教我母亲的红纸方字教我认。父亲作教师,母亲便在旁作助教。我认的是生字,她便借此温她的熟字。他太忙时,她就是代理教师。我们离开台湾时,她认得了近千字,我也认得了七百多字。这些方字都是我父亲亲手写的楷字,我母亲终身保存着,因为这些方块红笺上都是我们三个人的最神圣的团居生活的纪念。

我母亲二十三岁就做了寡妇,从此以后,又过了二十三年。这二十三年的生活真是十分苦痛的生活,只因为还有我这一点骨血,她含辛茹苦,把全副希望寄托在我的渺茫不可知的将来,这一点希望居然使她挣扎着活了二十三年。

我父亲在临死之前两个多月,写了几张遗嘱,我母亲和四个儿子每人各有一张,每张只有几句话。给我母亲的遗嘱上说穈儿(我的名字叫嗣穈,穈字音门)天资颇聪明,应该令他读书。给我的遗嘱也教我努力读书上进。这寥寥几句话在我的一生很有重大的影响。我十一岁的时候,二哥和三哥都在家,有一天我母亲向他们道:“穈今年十一岁了。你老子叫他念书,你们看看他念书念得出吗?”二哥不曾开口,三哥冷笑道:“哼,念书!”二哥始终没有说什么。我母亲忍气坐了一会,回到了房里才敢掉眼泪。她不敢得罪他们,因为一家的财政权全在二哥的手里,我若出门求学是要靠他供给学费的。所以她只能掉眼泪,终不敢哭。

但父亲的遗嘱究竟是父亲的遗嘱,我是应该念书的。况且我小时候很聪明,四乡的人都知道三先生的小儿子是能够念书的。所以隔了两年,三哥往上海医肺病,我就跟他出门求学了。

三

我在台湾时，大病了半年，故身体很弱。回家乡时，我号称五岁了，还不能跨一个七八寸高的门槛。但我母亲望我念书的心很切，故到家的时候，我才满三岁零几个月，就在我四叔父介如先生（名玠）的学堂里读书了。我的身体太小，他们抱我坐在一只高凳子上面。我坐上了就爬不下来，还要别人抱下来。但我在学堂并不算最低级的学生，因为我进学堂之前已认得近一千字了。

因为我的程度不算“破蒙”的学生，故我不须念《三字经》、《千字文》、《百家姓》、《神童诗》一类的书。我念的第一部书是我父亲自己编的一部四言韵文，叫做《学为人诗》，他亲笔抄写了给我的。这部书说的是做人的道理。我把开头几行抄在这里：

胡开文故居　位于上庄村口。胡开文为清代徽墨四大家之一，胡开文墨业创始人。

为人之道，在率其性，

子臣弟友，循理之正。

谨乎庸言，勉乎庸行，

以学为人，以期作圣。

以下分说五伦。最后三节，因为可以代表我父亲的思想，我也抄在这里：

五常之中，不幸有变，

名分攸关，不容稍紊。

义之所在，身可以殉。

求仁得仁，无所尤怨。

古之学者，察于人伦，

因亲及亲，九族克敦；

因爱推爱，万物同仁。

上庄古民居　庄内古民居群为全国重点文物保护单位，大多为明清建筑。

能尽其性，斯为圣人。
经籍所载，师儒所述，
为人之道，非有他术。
穷理致知，返躬践实，
黾勉于学，守道勿失。

我念的第二部书也是我父亲编的一部四言韵文，名叫《原学》，是一部略述哲理的书。这两部书虽是韵文，先生仍讲不了，我也懂不了。

我念的第三部书叫做《律诗六抄》，我不记是谁选的了。三十多年来，我不曾重见这部书，故没有机会考出此书的编者；依我的猜测，似是姚鼐的选本，但我不敢坚持此说。这一册诗全是律诗，我读了虽不懂得，却背得很熟。至今回忆，却完全不记得了。

我虽不曾读《三字经》等书，却因为听惯了别的小孩子高声诵读，我也能背这些书的一部分，尤其是那五七言的《神童诗》，我差不多能从头背到底。这本书后面的七言句子，如：

人心曲曲湾湾水，
世事重重叠叠山。

我当时虽不懂得其中的意义，却常常嘴上爱念着玩，大概也是因为喜欢那些重字双声的缘故。

我念的第四部书以下，除了《诗经》，就都是散文的了。我依诵读的次序，把这些书名写在下面：

《孝经》。

朱子的《小学》，江永集注本。

《论语》。以下四书皆用朱子注本。

《孟子》。

《大学》与《中庸》(《四书》皆连注文读)。

《诗经》,朱子集传本(注文读一部分)。

《书经》,蔡沈注本(以下三书不读注文)。

《易经》,朱子《本义》本。

《礼记》,陈澔注本。

读到了《论语》的下半部,我的四叔父选了颍州府阜阳县的训导,要上任去了,就把家塾移交给族兄禹臣先生(名观象)。四叔是个绅董,常常被本族或外村请出去议事或和案子;他又喜欢打纸牌(徽州纸牌,每副一百五十五张),常常被明达叔公、映基叔、祝封叔、茂张叔等人邀出去打牌。所以我们的功课很松,四叔往往在出门之前,给我们"上一进书",叫我们自己念;他到天将黑时,回来一趟,把我们的习字纸加了圈,放了学,才又出门去。

四叔的学堂里只有两个学生,一个是我,一个是四叔的儿子嗣秫,比我大几岁。嗣秫承继给瑜婶(星五伯公的二子,珍伯、瑜叔,皆无子,我家三哥承继珍伯,秫哥承继瑜婶),她很溺爱他,不肯管束他,故四叔一走开,秫哥就溜到灶下或后堂去玩了(他们和四叔住一屋,学堂在这屋的东边小屋内)。我的母亲管得严厉,我又不大觉得念书是苦事,故我一个人坐在学堂里温书念书,到天黑才回家。

禹臣先生接收家塾后,学生就增多了。先是五个,后来添到十多个,四叔家的小屋不够用了,就移到一所大屋——名叫来新书屋——里去。最初添的三个学生,有两个是守瓒叔的儿子——嗣昭、嗣逵。嗣昭比我大两三岁,天资不算笨,却不爱读书,最爱"逃学",我们土话叫做"赖学"。他逃出去,往往躲在麦田或稻田里,宁可睡在田里挨饿,却不愿念书。先生往往差嗣秫去捉;有时候,嗣昭被捉回来了,总得挨一顿毒打;有时候,连嗣秫也不回来了——乐得不回来了,因为这是"奉命差遣",不算是逃学!

我常觉得奇怪,为什么嗣昭要逃学?为什么一个人情愿挨饿,挨打,挨大家笑骂,而不情愿念书?后来我稍懂得世事,才明白了。瓒叔自小在江西做生意,后来在九江开布店,才娶妻生子;一家人都说江西话,回家乡时,嗣昭弟兄都不容易改口音;说话改了,而嗣昭念书常带江西音,常常因此吃戒方或吃"作瘤栗"

上庄徽式民居。

(钩起五指,打在头上,常打起瘤子,故叫做“作瘤栗”)。这是先生不原谅,难怪他不愿念书。

还有一个原因。我们家乡的蒙馆学金太轻,每个学生每年只送两块银元。先生对于这一类学生,自然不肯耐心教书,每天只教他们念死书,背死书,从来不肯为他们“讲书”。小学生初念有韵的书,也还不十分叫苦。后来念《幼学琼林》、《四书》一类的散文,他们自然毫不觉得有趣味,因为全不懂得书中说的是什么。因为这个缘故,许多学生常常赖学;先有嗣昭,后来有个士祥,都是有名的“赖学胚”。他们都属于这每年两元钱的阶级。因为逃学,先生生了气,打得更利害。越打得利害,他们越要逃学。

门洞里的精彩建筑。

我一个人不属于这“两元”的阶级。我母亲渴望我读书，故学金特别优厚，第一年就送六块钱，以后每年增加，最后一年加到十二元。这样的学金，在家乡要算“打破纪录”的了。我母亲大概是受了我父亲的叮嘱，她嘱托四叔和禹臣先生为我“讲书”：每读一字，须讲一字的意思；每读一句，须讲一句的意思。我先已认得了近千个“方字”，每个字都经过父母的讲解，故进学堂之后，不觉得很苦。念的几本书虽然有许多是乡里先生讲不明白的，但每天总遇着几句可懂的话。我最喜欢朱子《小学》里的记述古人行事的部分，因为那些部分最容易懂得，所以比较最有趣味。同学之中有念《幼学琼林》的，我常常帮他们的忙，教他们不认得的生字，因此常常借这些书看；他们念大字，我却最爱看《幼学琼林》的小注，因为注文中有许多神话和故事，比《四书》、《五经》有趣味多了。

有一天，一件小事使我忽然明白我母亲增加学金的大恩惠。一个同学的母亲来请禹臣先生代写家信给她的丈夫；信写成了，先生交她的儿子带回家去。一会儿，先生出门去了，这位同学把家信抽出来偷看。他忽然过来问我道：“穈，这信上第一句‘父亲大人膝下’是什么意思？”他比我只小一岁，也念过《四书》，却不懂“父亲大人膝下”是什么！这时候，我才明白我是一个受特别待遇的人，因为别人每年出两块钱，我去年却送十块钱。我一生最得力的是讲书：父亲母亲为我讲方字，两位先生为我讲书。念古文而不讲解，等于念“揭谛揭谛，波罗揭谛”，全无用处。

四

当我九岁时，有一天我在四叔家东边小屋里玩耍。这小屋前面是我们的学堂，后边有一间卧房，有客便住在这里。这一天没有课，我偶然走进那卧房里去，偶然看见桌子下一只美孚煤油板箱里的废纸堆中露出一本破书。我偶然捡起了这本书，两头都被老鼠咬坏了，书面也扯破了。但这一本破书忽然为我开辟了一个新天地，忽然在我的儿童生活史上打开了一个新鲜的世界！

这本破书原来是一本小字木板的《第五才子》，我记得很清楚，开始便是“李逵打死殷天锡”一回。我在戏台上早已认得李逵是谁了，便站在那只美孚破板箱边，把这本《水浒传》残本一口气看完了。不看尚可，看了之后，我的心里很不好过：这一本的前面是些什么？后面是些什么？这两个问题，我都不能回答，却最急要一个回答。

我拿了这本书去寻我的五叔，因为他最会“说笑话”（“说笑话”就是“讲故事”，小说书叫做“笑话书”），应该有这种笑话书。不料五叔竟没有这书，他叫我去寻守焕哥。守焕哥说，“我没有《第五才子》，我替你去借一部；我家中有部《第一才子》，你先拿去看，好吧？”《第一才子》便是《三国演义》，他很郑重地捧出来，我很高兴地捧回去。

后来我居然得着《水浒传》全部。《三国演义》也看完了。从此以后，我到处去借小说看。五叔、守焕哥，都帮了我不少的忙。三姊夫（周绍瑾）在上海乡间周浦开店，他吸鸦片烟，最爱看小说书，带了不少回家乡；他每到我家来，总带些《正德皇帝下江南》、《七剑十三侠》一类的书来送给我。这是我自己收藏小说的起点。我的大哥（嗣稼）最不长进，也是吃鸦片烟的，但鸦片烟灯是和小说书常作伴的——五叔、守焕哥、三姊夫都是吸鸦片烟的——所以他也有一些小说书。大嫂认得一些字，嫁妆里带来了好几种弹词小说，如《双珠凤》之类。这些书不久都成了我的藏书的一部分。

三哥在家乡时多，他同二哥都进过梅溪书院，都做过南洋公学的师范生，旧学都有根柢，故三哥看小说很有选择。我在他书架上只寻得三部小说：一部《红楼梦》，一部《儒林外史》，一部《聊斋志异》。二哥有一次回家，带了一部新译出的《经国美谈》，讲的是古希腊的爱国志士的故事，是日本人做的。这是我读外国小说的第一步。

帮助我借小说最出力的是族叔近仁，就是民国十二年和顾颉刚先生讨论古史的胡堇人。他比我大几岁，已“开笔”做文章了，十几岁就考取了秀才。我同他不同学堂，但常常相见，成了最要好的朋友。他天才很高，也肯用功，读书比我多，家中也颇有藏书。他看过的小说，常借给我看。我借到的小说，也常借给

深巷石板道 当年胡适读书常穿行于小巷。

他看。我们两人各有一个小手折，把看过的小说都记在上面，时时交换比较，看谁看的书多。这两个折子后来都不见了，但我记得离开家乡时，我的折子上好像已有了三十多部小说了。

这里所谓“小说”，包括弹词、传奇，以及笔记小说在内。《双珠凤》在内，《琵琶记》也在内；《聊斋》、《夜雨秋灯录》、《夜谭随笔》、《兰苕馆外史》、《寄园寄所寄》、《虞初新志》等也在内。从《薛仁贵征东》、《薛丁山征西》、《五虎平西》、《粉妆楼》一类最无意义的小说，到《红楼梦》和《儒林外史》一类的第一流作品，

古巷出行。

这里面的程度已是天悬地隔了。我到离开家乡时，还不能了解《红楼梦》和《儒林外史》的好处。但这一大类都是白话小说，我在不知不觉之中得了不少的白话散文的训练，在十几年后于我很有用处。

看小说还有一桩绝大的好处，就是帮助我把文字弄通顺了。那时正是废八股时文的时代，科举制度本身也动摇了。二哥三哥在上海受了时代思潮的影响，所以不要我"开笔"做八股文，也不要我学做策论经义。他们只要先生给我讲书，教我读书。但学堂里念的书，越到后来，越不好懂了。《诗经》起初还好懂，读到《大雅》，就难懂了；读到《周颂》，更不可懂了。《书经》有几篇，如《五子之歌》，我读得很起劲；但《盘庚》三篇，我总读不熟。我在学堂九年，只有《盘庚》害我挨了一次打。后来隔了十多年，我才知道《尚书》有今文和古文两大类，向来学者都说古文诸篇是假的，今文是真的；《盘庚》属于今文一类，应该是真的。但我研究《盘庚》用的代名词最杂乱不成条理，故我总疑心这三篇书是后人假造的。有时候，我自己想，我的怀疑《盘庚》，也许暗中含有报那一个"作瘤栗"的仇恨的意味罢？

青年时期的胡适　因提倡文学革命特别是白话文而成为五四新文化运动的主将之一。

《周颂》、《尚书》、《周易》等书都是不能帮助我作通顺文字的。但小说书却给了我绝大的帮助。从《三国演义》读到《聊斋志异》和《虞初新志》，这一跳虽然跳得太远，但因为书中的故事实在有趣味，所以我能细细读下去。石印本的《聊斋志异》有圈点，所以更容易读。到我十二三岁时，已能对本家姊妹们讲说《聊斋》故事了。那时候，四叔的女儿巧菊，禹臣先生的妹子广菊、多菊，祝封叔的女儿杏仙，和本家侄女翠苹、定娇等，都在十五六岁之间；她们常常邀我去，请我讲故事。我们平常请五叔讲故事时，忙着替他点火，装旱烟，替他捶背。现在轮到我受人巴结了。我不用人装烟捶背，她们听我说完故事，总去泡炒米，或做蛋炒饭来请我吃。她们绣花做鞋，我讲《凤仙》、《莲香》、《张鸿渐》、《江城》。这

样的讲书，逼我把古文的故事翻译成绩溪土话，使我更了解古文的文理。所以我到十四岁来上海开始作古文时，就能做很像样的文字了。

五

我小时身体弱，不能跟着野蛮的孩子们一块儿玩。我母亲也不准我和他们乱跑乱跳。小时不曾养成活泼游戏的习惯，无论在什么地方，我总是文绉绉地。

胡适故居 清末徽派建筑。胡适为绩溪上庄村人，出生上海，童年回乡就读。

所以家乡老辈都说我“像个先生样子”，遂叫我做“麇先生”。这个绰号叫出去之后，人都知道三先生的小儿子叫做麇先生了。既有“先生”之名，我不能不装出点“先生”样子，更不能跟着顽童们“野”了。有一天，我在我家八字门口和一班孩子“掷铜钱”，一位老辈走过，见了我，笑道：“麇先生也掷铜钱吗？”我听了羞愧得面红耳热，觉得大失了“先生”的身份！

大人们鼓励我装先生样子，我也没有嬉戏的能力和习惯，又因为我确是喜欢看书，所以我一生可算是不曾享过儿童游戏的生活。每年秋天，我的庶祖母同我到田里去“监割”（顶好的田，水旱无扰，收成最好，佃户每约田主来监割，打下谷子，两家平分)，我总是坐在小树下看小说。十一二岁时，我稍活泼一点，居然和一群同学组织了一个戏剧班，做了一些木刀竹枪，借得了几副假胡须，就在村田里做戏。我做的往往是诸葛亮、刘备一类的文角儿；只有一次我做史文恭，被花荣一箭从椅子上射倒下去，这算是我最活泼的玩艺儿了。

我在这九年(1895—1904)之中，只学得了读书写字两件事。在文字和思想(看下章)的方面，不能不算是打了一点底子。但别的方面都没有发展的机会。有一次我们村里“当朋”(八都凡五村，称为“五朋”，每年一村轮着做太子会，名为“当朋”)筹备太子会，有人提议要派我加入前村的昆腔队里学习吹笙或吹笛。族里长辈反对，说我年纪太小，不能跟着太子会走遍五朋。于是我失掉了这学习音乐

胡适故居堂屋。

（左）胡适故居内庭。（右）胡适故居挂轴。

的唯一机会。三十年来，我不曾拿过乐器，也全不懂音乐；究竟我有没有一点学音乐的天资，我至今还不知道。至于学图画，更是不可能的事。我常常用竹纸蒙在小说书的石印绘像上，摹画书上的英雄美人。有一天，被先生看见了，挨了一顿大骂，抽屉里的图画都被搜出撕毁了。于是我又失掉了学做画家的机会。

但这九年的生活，除了读书看书之外，究竟给了我一点做人的训练。在这一点上，我的恩师就是我的慈母。

每天天刚亮时，我母亲就把我喊醒，叫我披衣坐起。我从不知道她醒来坐了多久了。她看我清醒了，才对我说昨天我做错了什么事，说错了什么话，要我认错，要我用功读书。有时候她对我说父亲的种种好处，她说："你总要踏上你老子的脚步。我一生只晓得这一个完全的人，你要学他，不要跌他的股。"（跌股便是丢脸、出丑）她说到伤心处，往往掉下泪来。到天大明时，她才把我的衣服穿好，催我去上早学。学堂门上的锁匙放在先生家里；我先到学堂门口一望，便跑到先生家里去敲门。先生家里有人把锁匙从门缝里递出来，我拿了跑回去，开了门，坐下念生书。十天之中，总有八九天我是第一个去开学堂门的。等到先生来了，我背了生书，才回家吃早饭。

我母亲管束我最严，她是慈母兼任严父。但她从来不在别人面前骂我一句，打我一下。我做错了事，她只对我一望，我看见了她的严厉眼光，就吓住了。犯的事小，她等到第二天早晨我眼醒时才教训我。犯的事大，她等到晚上人静时，关了房门，先责备我，然后行罚，或跪罚，或拧我的肉。无论怎样重罚，总不许我哭出声音来。她教训儿子不是借此出气叫别人听的。

有一个初秋的傍晚，我吃了晚饭，在门口玩，身上只穿着一件单背心。这时候我母亲的妹子玉英姨母在我家住，她怕我冷了，拿了一件小衫出来叫我穿上。我不肯穿，她说："穿上吧，凉了。"我随口回答："娘(凉)什么！老子都不老子呀。"我刚说了这句话，一抬头，看见母亲从家里走出，我赶快把小衫穿上。但她已听见这句轻薄的话了。晚上人静后，她罚我跪下，重重地责罚了一顿。她说："你没了老子，是多么得意的事！好用来说嘴！"她气得坐着发抖，也不许我上床去睡。我跪着哭，用手擦眼泪，不知擦进了什么微菌，后来足足害了一年多的眼翳病。医来医去，总医不好。我母亲心里又悔又急，听说眼翳可以用舌头舔去，有一夜她把我叫醒，她真用舌头舔我的病眼。这是我的严师，我的慈母。

我母亲二十三岁做了寡妇，又是当家的后母。这种生活的痛苦，我的笨笔写不出一万分之一二。家中财政本不宽裕，全靠二哥在上海经营调度。大哥从小就是败子，吸鸦片烟，赌博，钱到手就光，光了就回家打主意，见了香炉就拿出去卖，捞着锡茶壶就拿出去押。我母亲几次邀了本家长辈来，给他定下每月用费的数目。但他总不够用，到处都欠下烟债赌债。每年除夕我家中总有一大群讨债的，每人一盏灯笼，坐在大厅上不肯去。大哥早已避出去了。大厅的两排椅子上满满地都是灯笼和债主。我母亲走进走出，料理年夜饭，谢灶神，压岁钱等事，只当做不曾看见这一群人。到了近半夜，快要"封门"了，我母亲才走后门出去，央一位邻舍本家到我家来，每一家债户开发一点钱。做好做歹的，这一群讨债的才一个一个提着灯笼走出去。一会儿，大哥敲门回来了。我母亲从不

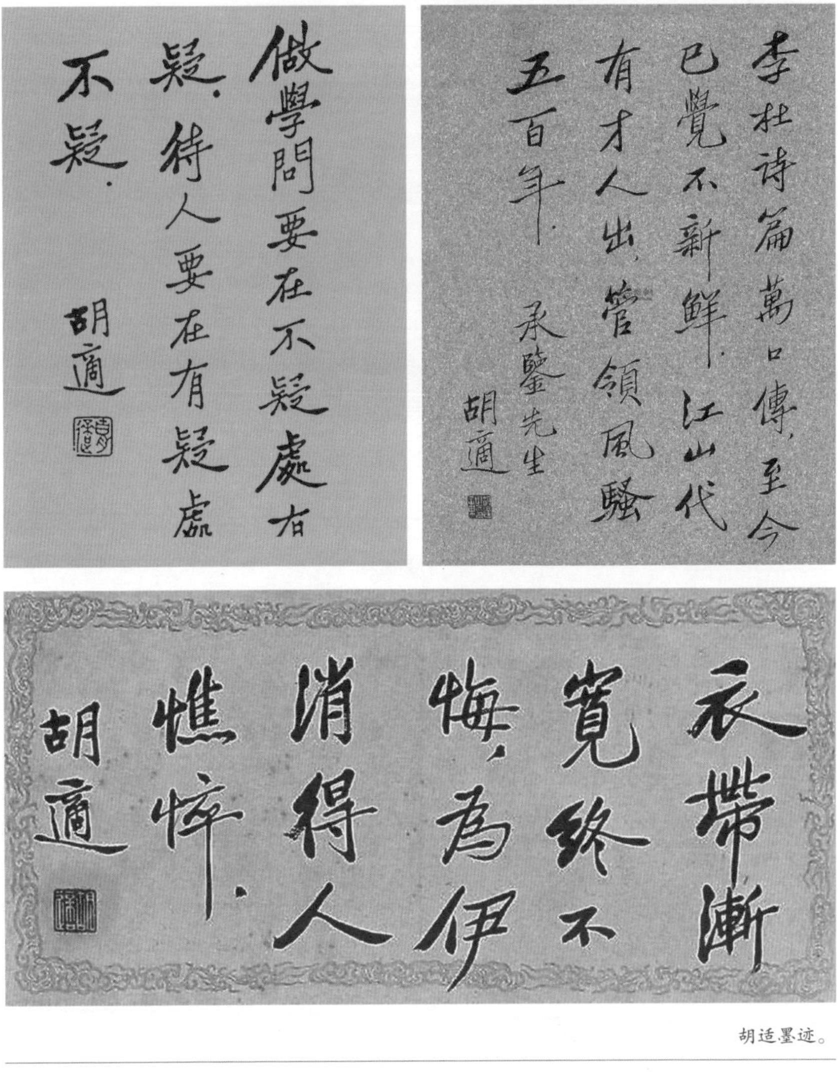
做學問要在不疑處有
疑，待人要在有疑處
不疑。
胡適
李杜詩篇萬口傳，至今
已覺不新鮮。江山代
有才人出，管領風騷
五百年。
承鑒先生
胡適
衣帶漸
寬終不
悔，為伊
消得人
憔悴。
胡適

胡适墨迹。

上庄民居。

古水井 上庄人一代又一代在井边劳作洗涤。

骂他一句。并且因为是新年，她脸上从不露出一点怒色。这样的过年，我过了六七次。

大嫂是个最无能而又最不懂事的人，二嫂是个很能干而气量很窄小的人。她们常常闹意见，只因为我母亲的和气榜样，她们还不曾有公然相骂相打的事。她们闹气时，只是不说话，不答话，把脸放下来，叫人难看；二嫂生气时，脸色变青，更是怕人。她们对我母亲闹气时，也是如此。我起初全不懂得这一套，后来也渐渐懂得看人的脸色了。我渐渐明白，世间最可厌恶的事莫如一张生气的脸，世间最下流的事莫如把生气的脸摆给旁人看，这比打骂还难受。

我母亲的气量大，性子好，又因为做了后母后婆，她更事事留心，事事格外容忍。大哥的女儿比我只小一岁，她的饮食衣料总是和我的一样。我和她有小争执，总是我吃亏，母亲总是责备我，要我事事让她。后来大嫂二嫂都生了儿子了，她们生气时便打骂孩子来出气，一面打，一面用尖刻有刺的话骂给别人听。我母亲只装做不听见。有时候，她实在忍不住了，便悄悄走出门去，或到左邻立大嫚家去坐一会，或走后门到后邻度嫂家去闲谈。她从不和两个嫂子吵一句嘴。

每个嫂子一生气，往往十天半个月不歇，天天走进走出，板着脸，咬着嘴，打骂小孩子出气。我母亲只忍耐着，忍到实在不可再忍的一天，她也有她的法子。这一天的天明时，她就不起床，轻轻地哭一场。她不骂一个人，只哭她的丈夫，哭她自己苦命，留不住她丈夫来照管她。她先哭时，声音很低，渐渐哭出声来。我醒了起来劝她，她不肯住。这时候，我总听见前堂（二嫂住前堂东房）或后堂（大嫂住后堂西房）有一扇房门开了，一个嫂子走出房向厨房走去。不多一会，那位嫂子来敲我们的房门了。我开了房门，她走进来，捧着一碗热茶，送到我母亲床前，劝她止哭，请她喝口热茶。我母亲慢慢停住哭声，伸手接了茶碗。那位嫂子站着劝一会，才退出去。没有一句话提到什么人，也没有一个字提到这十天半个月来的气脸，然而各人心里明白，泡茶进来的嫂子总是那十天半个月来闹气的人。奇怪得很，这一哭之后，至少有一两个月的太平清静日子。

我母亲待人最仁慈，最温和，从来没有一句伤人感情的话。但她有时候也很有刚气，不受一点人格上的侮辱。我家五叔是个无正业的浪人，有一天在烟馆里发牢骚，说我母亲家中有事总请某人帮忙，大概总有什么好处给他。这句话传到了我母亲耳朵里，她气得大哭，请了几位本家来，把五叔喊来，她当面质问他她给了某人什么好处。直到五叔当众认错赔罪，她才罢休。

我在我母亲的教训之下住了九年，受了她的极大深刻的影响。我十四岁（其实只有十二岁零两三个月）就离开她了，在这广漠的人海里独自混了二十多年，没有一个人管束过我。如果我学得了一丝一毫的好脾气，如果我学得了一点点待人接物的和气，如果我能宽恕人，体谅人，——我都得感谢我的慈母。

十九［1930年］，十一，廿一夜

本篇原载1931年5月10日上海《新月》月刊第3卷第3期

古村民居。

胡适故居 坐落上庄村西南，建于1897年，石库门楼，三开间，总面积208平方米。

先母所生，只适一人，徒以爱子故，幼岁即令远出游学；十五年中，侍膝下仅四五月耳。生未能养……

先母行述（1873—1918）

胡适的母亲——冯顺弟

此照被认为与胡适最为神似。

先母冯氏，绩溪中屯人，生于清同治癸酉四月十六日，为先外祖振爽公长女。家世业农，振爽公勤俭正直，称于一乡；外祖母亦慈祥好善；所生子女禀其家教，皆温厚有礼，通大义。先母性尤醇粹，最得父母钟爱。先君铁花公元配冯氏遭乱殉节死，继配曹氏亦不寿，闻先母贤，特纳聘焉。

先母以清光绪己丑来归，时年十七。明年，随先君之江苏宦所。辛卯，生适于上海。其后先君转官台湾，先母留台二年。甲午，山东事起，先君遣眷属先归，独与次兄觉居守。割台后，先君内渡，卒于厦门，时乙未七月也。

先母遭此大变时，仅二十三岁。适刚五岁。先君前娶曹氏所遗诸子女，皆已长大。先大兄洪骏已娶妇生女，次兄觉及先三兄洪骈(孪生)亦皆已十九岁。先母内持家政，外应门户，凡十余年。以少年作后母，周旋诸子诸妇之间，其困苦艰难有非外人所能喻者。先母一一处之以至诚至公，子妇间有过失，皆容忍曲喻之；至不能忍，则闭户饮泣自责；子妇奉茶引过，始已。

先母自奉极菲薄，而待人接物必求丰厚；待诸孙皆如所自生，衣履饮食无不一致。是时一家日用皆仰给于汉口、上海两处商业，次兄觉往来两地经理之。先母于日用出入，虽一块豆腐之细，皆令适登记，俟诸兄归时，令检阅之。

先君遗命必令适读书。先母督责至严，每日天未明即推适披衣起坐，为缕述先君道德事业，言："我一生只知有此一个完全的人，汝将来做人总要学尔老子。”天明，即令适着衣上早学。九年如一日，未尝以独子有所溺爱也。及适十四岁，即令随先三兄洪駓至上海入学，三年始令一归省。人或谓其太忍，先母笑颔之而已。

适以甲辰年别母至上海，是年先三兄死于上海，明年乙巳先外祖振爽公卒。先母有一弟二妹，弟名诚厚，字敦甫，长妹名桂芬，次妹名玉英，与先母皆极友爱。长妹适黄氏，不得于翁姑。先母与先敦甫舅痛之，故为次妹择婿甚谨。先母有姑适曹氏，为继室；其前妻子名诚均者，新丧妇。先母与先敦甫舅皆主以先玉英姨与之，以为如此则以姑侄为姑媳，定可相安。先玉英姨既嫁，未有所出，而夫死。先玉英姨悲伤咯血，姑又不谅，时有责言，病乃益甚，又不肯服药，遂死。时宣统己酉二月也。

姨病时，先敦甫舅日夜往视，自恨为妹主婚致之死，悼痛不已，遂亦病。顾犹力疾料理丧事，事毕，病益不支，腹胀不消。念母已老，不忍使知，乃来吾家养病。舅居吾家二月，皆先母亲侍汤药，日夜不懈。

先母爱弟妹最笃，尤恐弟疾不起，老母暮年更无以堪；闻俗传割股可疗病，一夜闭户焚香祷天，欲割臂肉疗弟病。先敦甫舅卧厢室中，闻檀香爆炸，问何声。母答是风吹窗纸，令静卧勿扰。俟舅既睡，乃割左臂上肉，和药煎之。次晨，奉药进舅，舅得肉不能咽，复吐出，不知其为姊臂上肉也。先母拾肉，持出炙之，复问舅欲吃油炸锅巴否，因以肉杂锅巴中同进。然病终不愈，乃舁舅归家。先母随往看护。妗氏抚幼子，奉老亲；先母则日侍病人，不离床侧。已而先敦甫舅腹胀益甚，竟于己酉九月二十七日死，距先玉英姨死时，仅七阅月耳。

先是吾家店业连年屡遭失败，至戊申仅余汉口一店，已不能支持内外费用。己酉，诸兄归里，请析产，先母涕泣许之；以先长兄洪骏幼失学，无业，乃以汉口店业归长子，其余薄产分给诸子，每房得田数亩，屋三间而已。先君一生作清白吏，俸给所积，至此荡尽。先母自伤及身见家业零败，又不能止诸子离异，悲愤咯血。时先敦甫舅已抱病，犹力疾为吾家理析产事。事毕而舅病日深，辗转至死。先母既深恸弟妹之死，又伤家事衰落，隐痛积哀，抑郁于心；又以侍弟疾劳苦，体气浸衰，遂得喉疾，继以咳嗽，转成气喘。

时适在上海，以教授英文自给，本拟次年庚戌暑假归省；及明年七月，适被取赴美国留学，行期由政府先定，不及归别，匆匆去国。先母眷念游子，病乃日深。是时诸兄虽各立门户，然一切亲戚庆吊往来，均先母一身撑拄其间。适远在异国，初尚能节学费，卖文字，略助家用。其后学课益繁，乃并此亦不能得。家中日用，皆取给于借贷。先母于此六七年中，所尝艰苦，笔难尽述。适至今闻邻里言之，犹有余痛也。

高屋深巷。

辛亥之役，汉口被焚，先长兄只身逃归，店业荡然。先母伤感，病乃益剧。然终不欲适辍学，故每寄书，辄言无恙。及民国元二年之间，病几不起。先母招照相者为摄一影，藏之，命家人曰："吾病若不起，慎勿告吾儿；当仍倩人按月作家书，如吾在时。俟吾儿学成归国，乃以此影与之。吾儿见此影，如见我矣。"已而病渐愈，亦终不促适归国。适留美国七年，至第六年后始有书促早归耳。

民国四年冬，先长姊与先长兄前后数日相继死。先长姊名大菊，年长于先母，与先母最相得。先母尝言："吾家大菊可惜不是男子。不然，吾家决不至此也。"及其死，先母哭之恸。又念长嫂二子幼弱无依，复令与己同爨。先三兄洪駓出嗣先伯父，死后三嫂守节抚孤，先母亦令同居。盖吾家分后，至是又几复合。然家中担负增，先母益劳悴，体气益衰。

民国六年七月，适自美国归。与吾母别十一年矣。归省之时，慈怀甚慰，病亦稍减。不意一月之后，长孙思明病死上海。先长兄遗二子，长即思明，次思齐，八岁忽成聋哑。先母闻长孙死耗，悲感无已。适归国后，即任北京大学教授；是年冬，归里完婚，婚后复北去，私心犹以为先母方在中年，承欢侍养之日正长；岂意先母屡遭患难，备尝劳苦，心血亏竭，体气久衰，又自奉过于俭薄，无以培补之；故虽强自支撑，以慰儿妇，然病根已深，此别竟成永诀矣。

溯近年先母喘疾，每当冬春二季辄触发，发甚或至呕吐。夏秋气候暖和，疾亦少闲。今冬（七年）旧疾初未大发，自念或当愈于往岁。不料新历十一月十一日先母忽感冒时症，初起呕逆咳嗽，不能纳食；比即延医服药，病势尚无出入；继被医者误投“三阳表劫”之剂，心烦自汗，顿觉困惫；及请他医诊治，病已绵惙，奄奄一息，已难挽回；遂于十一月二十三日晨一时，弃适等长逝，享年仅四十有六岁。次日，适在京接家电，以道远，遂电令侄思永、思齐等先行闭殓，即与妻江氏，及侄思聪，星夜奔归。归时，殓已五日矣。

先母所生，只适一人，徒以爱子故，幼岁即令远出游学；十五年中，侍膝下仅四五月耳。生未能养，病未能侍，毕世劬劳未能丝毫分任，生死永诀乃亦未能一面。平生惨痛，何以如此！伏念先母一生行实，虽纤细琐屑不出于家庭闾里之间，而其至性至诚，有宜永存而不朽者，故粗叙梗概，随讣上闻，伏乞矜鉴。

此篇因须在乡间用活字排印，故不能不用古文。我打算将来用白话为我的母亲做一篇详细的传。

十［1921年］，六，二五

本篇原载《胡适文存》第1集第4卷，上海亚东图书馆1921年12月版。

胡适纪念亭。

太子会是皖南很普通的神会，据说太子神是唐朝安史乱时保障江淮的张巡许远。何以称“太子”……

我的母亲的订婚

一

太子会[1]是我们家乡秋天最热闹的神会，但这一年的太子会却使许多人失望。

神伞一队过去了。都不过是本村各家的绫伞，没有什么新鲜花样。去年大家都说，恒有绸缎庄预备了一顶珍珠伞。因为怕三先生说话，故今年他家不敢拿出来。

昆腔今年有四队，总算不寂寞。昆腔子弟都穿着"半截长衫"，上身是白竹布，下半是湖色杭绸。每人小手指上挂着湘妃竹柄的小纨扇，吹唱时纨扇垂在笙笛下面摇摆着。

扮戏今年有六出，都是"正戏"，没有一出花旦戏。这也是三先生的主意。后村的子弟本来要扮一出《翠屏山》，也因为怕三先生说话，改了《长坂坡》。其实七月的日光底下，甘糜二夫人脸上的粉已被汗洗光了，就有潘巧云也不会怎样特别出色。不过看会的人的心里总觉得后村很漂亮的小棣没有扮潘巧云的机会，只扮作了糜夫人，未免太可惜了。

今年最扫兴的是没有扮戏的"抬阁"。后村的人早就练好了两架"抬阁"，一

① 太子会是皖南很普通的神会，据说太子神是唐朝安史乱时保障江淮的张巡许远。何以称"太子"，现在还没有满意的解释。

架是《龙虎斗》,一架是《小上坟》。不料三先生今年回家过会场,他说抬阁太高了,小孩子热天受不了暑气,万一跌下来,不是小事体。他极力阻止,抬阁就扮不成了。

粗乐和昆腔一队一队地过去了。扮戏一出一出地过去了。接着便是太子的神轿。路旁的观众带着小孩的,都喊道,“拜呵!拜呵!”许多穿着白地蓝花布褂的男女小孩都合掌拜揖。

神轿的后面便是拜香的人!有的穿着夏布长衫,捧着柱香;有的穿着短衣,拿着香炉挂,炉里烧着檀香。还有一些许愿更重的,今天来“吊香”还愿;他们上身穿白布褂,扎着朱青布裙,远望去不容易分别男女。他们把香炉吊在铜钩上,把钩子钩在手腕肉里,涂上香灰,便可不流血。今年吊香的人很多,有的只吊在左手腕上,有的双手都吊;有的只吊一个小香炉,有的一只手腕上吊着两个香炉。他们都是虔诚还愿的人。悬着挂香炉的手腕,跟着神轿走多少里路,虽然有自家人跟着打扇,但也有半途中暑热走不动的。

冯顺弟搀着她的兄弟,跟着她的姑妈,站在路边石磴上看会。她今年十四岁了。家在十里外的中屯,有个姑妈嫁在上庄,今年轮着上庄做会,故她的姑丈家接她姊弟来看会。

她是个农家女子,从贫苦的经验里得着不少的知识,故虽是十四岁的女孩儿,却很有成人的见识。她站在路旁听着旁人批评今年的神会,句句总带着三先生。“三先生今年在家过会,可把会弄糟了。”“可不是呢?抬阁也没有了。”“三先生还没有到家,八都的鸦片烟馆都关门了,赌场也都不敢开了。七月会场上没有赌场,又没有烟灯,这是多年没有的事。”

看会的人,你一句,他一句,顺弟都听在心里。她心想,三先生必是一个了不得的人,能叫赌场烟馆不敢开门。

会过完了,大家纷纷散了。忽然她听见有人低声说,“三先生来了!”她抬起头来,只见路上的人都纷纷让开一条路;只听见许多人都叫“三先生”。

前面走来了两个人。一个高大的中年人,面容紫黑,有点短须,两眼有威光,令人不敢正眼看他;他穿着苎布大袖短衫,苎布大脚管的裤子,脚下穿着麻布鞋子,手里拿着一杆旱烟管。和他同行的是一个老年人,瘦瘦身材,花白胡子,也

门楼砖雕。

穿着短衣，拿着旱烟管。

顺弟的姑妈低低说，“那个黑面的，是三先生；那边是月吉先生，他的学堂就在我们家的前面。听人说三先生在北边做官，走过了万里长城，还走了几十日，都是没有人烟的地方，冬天冻杀人，夏天热杀人；冬天冻塌鼻子，夏天蚊虫有苍蝇那么大。三先生肯吃苦，不怕日头不怕风，在万里长城外住了几年，把脸晒得像包龙图一样”。

这时候，三先生和月吉先生已走到她们面前，他们站住说了一句话，三先生独自下坡去了；月吉先生却走过来招呼顺弟的姑妈，和她们同行回去。

月吉先生见了顺弟，便问道，“灿嫂，这是你家金灶舅的小孩子吗？”

“是的。顺弟，诚厚，叫声月吉先生。”

月吉先生一眼看见了顺弟脑后的发辫，不觉喊道，“灿嫂，你看这姑娘的头发一直拖到地！这是贵相！是贵相！许了人家没有？”

这一问把顺弟羞得满脸绯红，她牵着她弟弟的手往前飞跑，也不顾她姑妈了。

她姑妈一面喊，“不要跌了！”回头对月吉先生说：“还不曾许人家。这孩子很稳重，很懂事。我家金灶哥总想许个好好人家，所以今年十四岁了，还不曾许人家。”

月吉先生说，“你开一个八字给我，我给她排排看。你不要忘了。”

他到了自家门口，还回过头来说：“不要忘记，叫灿哥抄个八字给我。”

二

顺弟在上庄过了会场，她姑丈送她姊弟回中屯去。七月里天气热，日子又长，他们到日头快落山时才起身，走了十里路，到家时天还没全黑。

顺弟的母亲刚牵了牛进栏，见了他们，忙着款待姑丈过夜。

“爸爸还没有回来吗？”顺弟问。

“姊姊，我们去接他。”姊姊和弟弟不等母亲回话，都出去了。

他们到了村口，远远望见他们的父亲挑着一担石头进村来。他们赶上去喊着爸爸，姊姊弟弟每人从挑子里拿了一块石头，捧着跟他走。他挑到他家的旧屋基上，把石子倒下去，自己跳下去，把石子铺平，才上来挑起空担回家去。

顺弟问，“这是第三担了吗？”

她父亲点点头，只问他们看的会好不好，戏好不好，一同回家去。

顺弟的父亲姓冯，小名金灶。他家历代务农，辛辛苦苦挣起了一点点小产业，居然有几亩自家的田，一所自家的屋。金灶十三四岁的时候，长毛贼到了徽州，中屯是绩溪北乡的大路，整个村子被长毛烧成平地。金灶的一家老幼都被杀了，只剩他一人，被长毛掳去。长毛军中的小头目看这个小孩子有气力，能吃苦，就把他脸上刺了“太平天国”四个蓝字，叫他不能逃走。军中有裁缝，见这个孩子可怜，收他做徒弟，叫他跟着学裁缝。金灶学了一手好裁缝，在长毛营里混了几年，从绩溪到宁国、广德，居然被他逃走出来。但因为面上刺了字，捉住

窗户。

他的人可以请赏，所以他不敢白日露面。他每日躲在破屋场里，挨到夜间，才敢赶路。他吃了种种困苦，好容易回到家乡，只寻得一片焦土，几座焦墙，一村的丁壮留剩的不过二三十人。

金灶是个肯努力的少年，他回家之后，寻出自家的荒田，努力耕种。有余力就帮人家种田，做裁缝。不上十年，他居然修葺了村里一间未烧完的砖屋，娶了一个妻子。夫妻都能苦做苦吃，渐渐有了点积蓄，渐渐挣起了一个小小的家庭。

他们头胎生下一个女儿。在那大乱之后，女儿是不受欢迎的，所以她的名字叫做顺弟，取个下胎生个弟弟的吉兆。隔了好几年，果然生了一个儿子，他们都很欢喜。

金灶为人最忠厚；他的裁缝手艺在附近村中常有雇主，人都说他诚实勤谨。外村的人都尊敬他，叫他金灶官。

但金灶有一桩最大的心愿，他总想重建他祖上传下来、被长毛烧了的老屋。他一家人都被杀完了，剩下他这一个人，他觉得天留他一个人是为中兴他的祖业的。他立下了一个誓愿：要在老屋基上建造起一所更大又更讲究的新屋。

他费了不少工夫，把老屋基扒开，把烧残砖瓦拆扫干净，准备重新垫起一片高地基，好在上面起造一所高爽干燥的新屋。他每日天未明就起来了；天刚亮，就到村口溪头去拣选石子，挑一大担回来，铺垫地基。来回挑了三担之后，他才下田去做工；到了晚上歇工时，他又去挑三担石子，才吃晚饭。农忙过后，他出村帮人家做裁缝，每天也要先挑三担石子，才去上工；晚间吃了饭回来，又要挑三担石子，才肯休息。

这是他的日常功课，家中的妻子女儿都知道他的心愿，女流们不能帮他挑石头，又不能劝他休息，劝他也没有用处。有时候，他实在疲乏了，挑完石子回家，倒在竹椅上吸旱烟，眼望着十几岁的女儿和几岁的儿子，微微叹一口气。

顺弟已是懂事的了，她看见她父亲这样辛苦做工，她心里好不难过。她常常自恨不是个男子，不能代她父亲下溪头去挑石头。她只能每日早晚到村口去接她父亲，从他的担子里捧出一两块石头来，拿到屋基上，也算是分担了他的一点辛苦。

看看屋基渐渐垫高了，但砖瓦木料却全没有着落。高敞的新屋还只存在她一家人的梦里。顺弟有时做梦，梦见她是个男子，做了官回家看父母，新屋早已造好了，她就在黑漆的大门外下轿。下轿来又好像做官的不是她，是她兄弟。

三

这一年，顺弟十七岁了。

一天的下午，金灶在三里外的张家店做裁缝，忽然走进了一个中年妇人，叫声“金灶舅”。他认得她是上庄的星五嫂，她娘家离中屯不远，所以他从小认得她。她是三先生的伯母，她的丈夫星五先生也是八都的有名绅士，所以人都叫她“星五先生娘”。

金灶招呼她坐下。她开口道：“巧极了，我本打算到中屯看你去，走到了张家店，才知道你在这里做活。巧极了。金灶舅，我来寻你，是想开你家顺弟的八字。”

金灶问是谁家。

星五先生娘说：“就是我家大侄儿三哥。”

“三先生？”

“是的，三哥今年四十七，前头讨的七都的玉环，死了十多年了。玉环生下了儿女一大堆——三个儿子，三个女——现在都长大了。不过他在外头做官，没有个家眷，实在不方便。所以他写信来家，要我们给他定一头亲事。”

金灶说，“我们种田人家的女儿哪配做官太太？这件事不用提。”

星五先生娘说：“我家三哥有点怪脾气。他今年写信回来说，一定要讨一个做庄稼人家的女儿。”

“什么道理呢？”

古巷徽派民居。

“他说，做庄稼人家的人身体好，不会像玉环那样痨病鬼。他又说，庄稼人家晓得艰苦。”

金灶说：“这件事不会成功的。一来呢，我们配不上做官人家。二来，我家女人一定不肯把女儿给人做填房。三来，三先生家的儿女都大了，他家大儿子大女儿都比顺弟大好几岁，这样人家的晚娘是不容易做的。这个八字不用开了。”

星五先生娘说：“你不要客气，顺弟很稳重，是个有福气的人。金灶舅，你莫怪我直言，顺弟今年十七岁了，眼睛一睞，二十岁到头上，你哪里去寻一个青年郎？填房有什么不好？三哥的信上说了，新人过了门，他就要带上任去。家里的儿女，大女儿出嫁了；大儿子今年做亲，留在家里；二女儿是从小给了人家了；三女儿也留在家里。将来在任上只有两个双胞胎的十五岁小孩子，他们又都在学堂里。这个家也没有什么难照应。”

金灶是个老实人，他也明白她的话有驳不倒的道理。家乡风俗，女儿十三四岁总得定亲了，十七八岁的姑娘总是做填房的居多。他们夫妇因为疼爱顺弟，总想许个念书人家，所以把她耽误了。这是他们做父母的说不出的心事。所以他今天很有点踌躇。

星五先生娘见他踌躇，又说道：“金灶舅，你不用多心。你回去问问金灶舅母，开个八字。我今天回娘家去，明朝我来取。八字对不对，辰肖合不合，谁也不知道。开个八字总不妨事。”金灶一想，开个八字诚然不妨事，他就答应了。

这一天，他从张家店回家，顺弟带了弟弟放牛去了，还没有回来。他放下针线包和熨斗，便在门里板凳上坐下来吸旱烟。他的妻子见他有心事的样子，忙过来问他。他把星五嫂的话对她说了。

她听了大生气，忙问，“你不曾答应她开八字？”

他说，“我说要回家商量商量。不过开个八字给他家，也不妨事。”

她说，“不行。我不肯把女儿许给快五十岁的老头子。他家儿女一大堆，这个晚娘不好做。做官的人家看不起我们庄户人家的女儿，将来让人家把女儿欺负煞，谁家来替我们申冤？我不开八字。”

他慢吞吞地说，“顺弟今年十七岁了，许人家也不容易。三先生是个好人——”

她更生气了，“是的，都是我的不是。我不该心高，耽误了女儿的终身。女儿没人家要了，你就想送给人家做填房，做晚娘。做填房也可以，三先生家可不行。他家是做官人家，将来人家一定说我们贪图人家有势力，把女儿卖了，想换个做官的女婿。我背不起这个恶名。别人家都行，三先生家我不肯。女儿没人家要，我养她一世”。

他们夫妻吵了一场，后来金灶说，“不要吵了。这是顺弟自家的事，吃了夜饭，我们问问她自己。好不好？”她也答应了。

晚饭后，顺弟看着兄弟睡下，回到菜油灯下做鞋。金灶开口说，“顺弟，你母亲有句话要问你”。

顺弟抬起头来，问妈有什么话。她妈说，“你爸爸有话问你，不要朝我身上推。”

顺弟看她妈有点气，不知道是怎么一回事，只好问爸爸。她爸对她说，“上庄三先生要讨个填房，他家今天叫人来开你的八字。你妈嫌他年纪太大，四十七岁了，比你大三十岁，家中又有一大堆儿女。晚娘不容易做，我们怕将来害了你一世，所以要问问你自己”。

他把今天星五嫂的话说了一遍。

顺弟早已低下头去做针线，半晌不肯开口。她妈也不开口，她爸也不说话了。

顺弟虽不开口，心里却在那儿思想。她好像闭了眼睛，看见她的父亲在天刚亮的时候挑着一大担石头进村来，看见那大块屋基上堆着他一担一担地挑来的石头，看见她父亲晚上坐在黑影地里沉思叹气。一会儿，她又仿佛看见她做了官回来，在新屋的大门口下轿。一会儿，她的眼前又仿佛现出了那紫黑面孔，两眼射出威光的三先生……

她心里这样想：这是她帮她父母的机会到了。做填房可以多接聘金。前妻儿女多，又是做官人家，聘金财礼总应该更好看点。她将来总还可以帮她父母

小巷人家

的忙，她父亲一生梦想的新屋总可以成功……三先生是个好人，人人都敬重他，只有开赌场烟场馆的人怕他恨他……

她母亲说话的声音打断了她的思想。她妈说，“对了我们，有什么话不好说？你说吧！”

顺弟抬起眼睛来，见她爸妈都望着她自己。她低下头去，红着脸说道：“只要你们俩都说他是个好人，请你们俩作主。”她接着又加上一句话。“男人家四十七岁也不能算是年纪大。”

她爸叹了一口气。她妈可气得跳起来了，愤愤地说，“好呵！你想做官太太了！好吧！听你情愿吧！”

顺弟听了这句话，又羞又气，手里的鞋面落在地上，眼泪直滚下来。她拾起鞋面，一声不响，走到她房里去哭了。

经过了这一番家庭会议之后，顺弟的妈明白她女儿是愿意的了，她可不明白她情愿卖身来帮助爹妈的苦心，所以她不指望这门亲事成功。

她怕开了八字去，万一辰肖相合，就难回绝了；万一八字不合，旁人也许要笑她家高攀不上做官人家。她打定主意，要开一张假八字给媒人拿去。第二天早晨，她到祠堂蒙馆去，请先生开一个庚帖，故意错报了一天生日，又错报了一个时辰。先生翻开《万年历》，把甲子查明写好，她拿回去交给金灶。

那天下午，星五先生娘到张家拿到了庚帖，高兴得很。回到了上庄，她就去寻着月吉先生，请他把三先生和她的八字排排看。

月吉先生看了八字，问是谁家女儿。

“中屯金灶官家的顺弟。”

月吉先生说，“这个八字开错了。小村乡的蒙馆先生连官本（俗称历书为官本）也不会查，把八个字抄错了四个字。”

星五先生娘说，“你怎么知道八字开错了？”

月吉先生说，“我算过她的八字，所以记得。大前年村里七月会，我看见这女孩子，她不是灿嫂的侄女吗？圆圆面孔，有一点雀斑，头发很长，是吗？面貌并不美，倒稳重得很，不像个庄稼人家的孩子。我那时问灿嫂讨了她的八字来算算看。我算过的八字，三五年不会忘记的。”

他抽开书桌的抽屉，寻出一张字条来，说，“可不是呢？在这里了。”他提起笔来，把庚帖上的八字改正，又把三先生的写出。他排了一会，对星五先生娘说，“八字是对的，不用再去对了。星五嫂，你的眼力不差，这个人配得上三哥。相貌是小事，八字也是小事，金灶官家的规矩好。你明天就去开礼单。三哥那边，我自己写信去。”

过了两天，星五先生娘到了中屯，问金灶官开“礼单”。她埋怨道，“你们村上的先生不中用，把八字开错了，几乎误了事。”

金灶嫂心里明白，问谁说八字开错了的。星五先生娘一五一十地把月吉先生的话说了。金灶夫妻很诧异，他们都说，这是前世注定的姻缘。金灶嫂现在也不反对了。他们答应开礼单，叫她隔几天来取。

冯顺弟就是我的母亲，三先生就是我的父亲铁花先生。在我父亲的日记上，有这样几段记载：

〔光绪十五年(1889)二月〕十六日，行五十里，抵家……

二十一日，遣媒人订约于冯姓，择定三月十二日迎娶。

……

三月十一日，遣舆诣七都中屯迎娶冯氏。

十二日，冯氏至。行合卺礼。谒庙。

十三日，十四日，宴客……

四月初六日，往中屯，叩见岳丈岳母。

初七日，由中屯归……

五月初九日，起程赴沪，天雨，行五十五里，宿旌之新轿。

十九[1930年]，六，廿六

本篇原载1931年3月10日上海《新月》月刊第3卷第1期

绩溪文庙　始建于北宋，历经千年，有江南第一学宫之称。

我父胡传，是一位学者，也是一个意志坚强、有行政才干的人。经过一个时期的古典文史训练后……

我的信仰

一

我父胡传，是一位学者，也是一个意志坚强、有行政才干的人。经过一个时期的古典文史训练后，他对于地理研究，特别是边省的地理，抱有浓厚的兴趣。他怀揣一封介绍书，前往京师；又走了四十二日而达北满吉林，去晋见钦差大臣吴大澂。吴氏作为中国的一个伟大考古学家，现在见知于欧洲的汉学家们。

吴氏延见他，问有什么可以替他为力的。我父说道："没有什么，只求准我随节去解决中俄界务的纠纷，俾我得以研究东北各省的地理。" 吴氏对于这个只有秀才底子，且在关外长途跋涉之后，差不多已是身无分文的学者，觉得有味。他带着这个少年去干他那历史上有名的差使，得他做了一个最有价值、最肯做事的帮手。

胡适的父亲——胡传。

有一次与我父亲同走的一队人，迷陷在一个广阔的大森林之内，三天找不着出路。到粮食告罄，一切侦察均归失败时，我父亲就提议寻觅溪流。溪流是多半流向森林外面去的。一条溪流找到了手，他们一班人就顺流而行，得达安全的地方。我父亲作了一首长诗纪念这一件事。乃四十年后，我在一篇《杜威论思想》的论文里，以这件事实为例证，虽则我未尝提到他的名字，有好些与我父亲相熟而犹生存着的人，都还认得出这件故事，并写信问我是不是他们故世已久的朋友的一个小儿子。

吴大澂对我父亲虽曾一度向政府荐举他为"有治省才的人"，他在政治上却并未得臻通显，历官江苏、台湾后，遂于台湾因中日战争的结果而割让与日本时，以五十五岁的寿辰逝世。

二

我是我父亲的幼儿，也是我母亲的独子。我父亲娶妻凡三次：前妻死于太平天国之乱，乱军掠遍安徽南部各县，将其化为灰烬。次妻生了三个儿子、四个

绩溪县城外景 近看溪口如绩，远眺山列如屏，风光旖旎。

女儿。长子从小便证明是个难望洗心革面的败子。我父亲丧了次妻后，写信回家，说他一定要讨一个纯良强健的、做庄稼人家的女儿。

我外祖父务农，于年终几个月内且兼业裁缝。他是出身于一个循善的农家，在太平天国之乱中，全家被杀。因他还只是一个小孩子，故被太平军掠做俘虏，带往军中当差。为要防他逃走，他的脸上就刺了"太平天国"四字，终其身都还留着。但是他吃了种种困苦，居然逃了出来，回到家乡，只寻得一片焦土，无一个家人还得活着。他勤苦工作，耕种田地，兼做裁缝，裁缝的手艺，是他在贼营里学来的。他渐渐长成，娶了一房妻子，生下四个儿女，我母亲就是最长的。

我外祖父一生的心愿就是想重建被太平军毁了的家传老屋。他每天早上，太阳未出，便到溪头去拣选三大担石子，分三次挑回废屋的地基。挑完之后，他才去种田或去做裁缝。到了晚上回家时，又去三次，挑了三担石子，才吃晚饭。凡此辛苦恒毅的工作，都给我母亲默默看在眼里，她暗恨身为女儿，毫无一点法子能减轻她父亲的辛苦，促他的梦想实现。

随后来了个媒人，在田里与我外祖父会见，雄辩滔滔地向他替我父亲要他大女儿的庚帖（按：胡适《我的母亲的订婚》一章里面，用的是"八字"二字，英文系Birth date paper，故译庚帖似较贴切）。我外祖父答应回去和家里商量。但是到他在晚上把所提的话对他的妻子说了，她就大为生气。她说："不行！把我女儿嫁给一个大她三十岁的人，你真想得起？况且他的儿女也有年纪比我们女儿还大的！还有一层，人家自然要说我们嫁女儿给一个老官，是为了钱财体面而把她牺牲的。"于是这一对老夫妻吵了一场。后来做父亲的说："我们问问女儿自己。说来说去，这到底是她自己的事。"

到这个问题对我母亲提了出来，她不肯开口。中国女子遇到同类的情形常是这样的。但她心里却在深思沉想。嫁与中年丧偶、兼有成年儿女的人做填房，送给女家的聘金财礼比一般婚媾却要重得多。这点于她父亲盖房子的计划将大有帮助。况且她以前又是见过我父亲的，知道他为全县人所敬重。她爱慕他，愿意嫁他，为的半是英雄崇拜的意识，但大半却是想望帮助劳苦的父亲的孝思。所以到她给父母逼着答话，她就坚决地说："只要你们俩都说他是好人，请你们俩作主。男人家四十七岁也不能算是老。”我外祖父听了，叹了一口气，我外祖母可气得跳起来，愤愤地说：“好呵！你想做官太太了！好罢，听你情愿罢！”

三

我母亲于1889年结婚，时年十七，我则生在1891年12月。我父殁于1895年，留下我母亲二十三岁做了寡妇。我父弃世，我母便做了一个有许多成年儿女的大家庭的家长。中国做后母的地位是十分困难的。她的生活自此时起，自是一个长时间的含辛茹苦。

我母亲最大的禀赋就是容忍。中国史书记载唐朝有个皇帝垂询张公仪那位家长，问他家以什么道理能九世同居而不分离拆散。那位老人家因过于衰迈，难以口述，请准用笔写出回答。他就写了一百个“忍”字。中国道德家时常举出“百忍”的故事为家庭生活最好的例子，但他们似乎没有一个曾觉察到许多苦恼、倾轧、压迫和不平，使容忍成了一种必不可少的事情。

那班接脚媳妇凶恶不善的感情，利如锋刃的话语，含有敌意的嘴脸，我母亲事事都耐心容忍。她有时忍到不可再忍，这才早上不起床，柔声大哭，哭她早丧丈夫。她从不开罪她的媳妇，也不提开罪的那件事，但是这些眼泪，每次都有神秘莫测的效果。我总听得有一位嫂嫂的房门开了，和一个妇人的脚步声向厨房走去。不多一会，她转来敲我们房门了。她走进来捧着一碗热茶，送给我的母亲，劝她止哭。母亲接了茶碗，受了她不出声的认错。然后家里又太平清静得个把月。

我母亲虽则并不知书识字，却把她的全副希望放在我的教育上。我是一个早慧的小孩，不满三岁时，就已认了八百多字，都是我父亲每天用红笺方块教我的。我才满三岁零点，便在学堂里念书。我当时是个多病的小孩，没有搀扶，不能跨一个六英寸高的门槛。但我比学堂里所有别的学生都能读能记些。我从

文庙伴池浮桥 清乾隆年间重修，步于其上，让人领悟江南文化的真正内涵。

不跟着村中孩子们一块儿玩。更因我缺少游戏，我五岁时就得了"先生"的绰号。十五年后，我在康奈耳大学做二年级时，也同是为了这个弱点，而被了Doc（即Doctor缩读，音与dog同，故用作谐称——译者）的诨名。

每天天还未亮时，我母亲便把我喊醒，叫我在床上坐起。她然后把对我父亲所知的一切告诉我。她说她望我踏上他的脚步，她一生只晓得他是最善良最伟大的人。据她说，他是一个多么受人敬重的人，以致在他间或休假回家的时期中，附近烟窟赌馆都概行停业。她对我说我惟有行为好，学业科考成功，才能使他们两老增光；又说她所受的种种苦楚，得以由我勤敏读书来酬偿。我往往眼睛半睁半闭地听。但她除遇有女客与我们同住在一个房间的时候外，罕有不施这番晨训的。

到天大明时，她才把我的衣服穿好，催我去上学。我年稍长，我总是第一个先到学堂，并且差不多每天早晨都是去敲先生的门要钥匙去开学堂的门。钥匙从门缝里递了出来，我隔一会就坐在我的座位上朗念生书了。学堂里到薄暮才

文昌殿 始建于明代，今辟为胡雪岩纪念馆，馆内以大量的图片、书籍和实物再现了近代中国红顶巨贾沉浮于商界官海的一生。

放学，届时每个学生都向朱印石刻的孔夫子大像和先生鞠躬回家。每日上课的时间平均是十二小时。

我母亲一面不许我有任何种的儿童游戏，一面对于我建一座孔圣庙的孩子气的企图，却给我种种鼓励。我是从我同父异母的姊姊的长子，大我五岁的一个小孩那里学来的。他拿各种华丽的色纸扎了一座孔庙，使我心里羡慕。我用一个大纸匣子作为正殿，背后开了一个方洞，用一只小匣子糊上去，做了摆孔子牌位的内堂。外殿我供了孔子的各大贤徒，并贴了些小小的匾对，书着颂扬这位大圣人的字句，其中半系录自我外甥的庙里，半系自书中抄来。在这座玩具的庙前，频频有香炷燃着。我母亲对于我这番有孩子气的虔敬也觉得欢喜，暗信孔子的神灵一定有报应，使我成为一个有名的学者，并在科考中成为一个及第的士子。

我父亲是一个经学家，也是一个严守朱熹(1130—1200)的新儒教理学的人。他对于释道两教强烈反对。我还记得见我叔父家(那是我的开蒙学堂)的门上有一张日光晒淡了的字条，写着“僧道无缘”几个字。我后来才得知道这是我父亲所遗理学家规例的一部。但是我父亲业已去世，我那彬彬儒雅的叔父，又到皖北去做了一员小吏，而我的几位哥子则都在上海。剩在家里的妇女们，对于我父亲的理学遗规，没有什么拘束了。她们遵守敬奉祖宗的常礼，并随风俗时会所趋，而自由礼神拜佛。观音菩萨是她们所最爱的神，我母亲为了是出于焦虑我的健康福祉的念头，也做了观音的虔诚信士。我记得有一次她到山上观音阁里去进香，她虽缠足，缠足是苦了一生的，在整段的山路上，还是步行来回。

我在村塾(村中共有七所)里读书，读了九年(1895—1904)。在这个期间，我读习并记诵了下列几部书：

1.《孝经》：孔子后的一部经籍，作者不明。

2.《小学》：一部论新儒教道德学说的书，普通谓系宋哲朱熹所作。

3.《四书》：《论语》、《孟子》、《大学》、《中庸》。

4.《五经》中的四经：《诗经》、《尚书》、《易经》、《礼记》。

我母亲对于家用向来是节省的，而付我先生的学金，却坚要比平常要多三倍。平常学金两块银元一年，她首先便送六块钱，后又逐渐增加到十二元。由增加学金这一点小事情，我得到千百倍于上述数目比率所未能给的利益。因为那两元的学生，单单是高声朗读，用心记诵，先生从不劳神去对他讲解所记的字。独我为了有额外学金的缘故，得享受把功课中每字每句解给我听，就是将死板文字译作白话这项难得的权利。

我年还不满八岁，就能自己念书，由我二哥的提议，先生使我读《资治通鉴》。这部书，实在是大历史家司马光于1084年所辑编年式的中国通史。这番读史，使我发生很大的兴趣，我不久就从事把各朝代各帝王各年号编成有韵的歌诀，以资记忆。

随后有一天，我在叔父家里的废纸箱中，偶然看见一本《水浒传》的残本，便站在箱边把它看完了。我跑遍全村，不久居然得着全部。从此以后，我像老饕一般读尽了本村邻村所知的小说。这些小说都是用白话或口语写的，既易了解，又有引人入胜的趣味。它们教我人生，好的也教，坏的也教，又给了我一件文艺的工具，若干年后，使我能在中国开始众所称为“文艺复兴”的运动。

其时，我的宗教生活经过一个特异的激变。我系生长在拜偶像的环境，习于诸神凶恶丑怪的面孔，和天堂地狱的民间传说。我十一岁时，一日，温习朱子

的《小学》，这部书是我能背诵而不甚了解的。我念到这位理学家引司马光那位史家攻击天堂地狱的通俗信仰的话。这段话说："形既朽灭，神亦飘散，虽有判烧舂磨，亦无所施。"这话好像说得很有道理，我对于死后审判的观念，就开始怀疑起来。

往后不久，我读司马光的《资治通鉴》，读到第一百三十六卷中有一段，使我成了一个无神论者。所说起的这一段，述记公元5世纪一位名叫范缜的哲学家，与朝众竞辩"神灭论"。朝廷当时是提倡大乘佛法的。范缜的见解，由司马

来苏桥 又名来苏渡桥，以纪念元末县令苏辙与前来绩溪探望弟弟的苏轼相会城西渡口而得名。清人留诗云：“千古清风在，长留水一隅”。

光摄述为这几句话：“形者神之质，神者形之用也。神之于形，犹利之于刃。未闻刃没而利存，岂容形亡而神在哉？”

这比司马光的形灭神散的见解——一种仍认有精神的理论——还更透彻有理。范缜根本否认精神为一种实体，谓其仅系神之用。这一番化繁为简合着我儿童的心胸。读到“朝野喧哗，难之，终不能屈”，更使我心悦。

同在那一段内，又引据范缜反对因果轮回说的事。他与竟陵王谈论，王对他说：“君不信因果，何得有富贵贫贱？”范缜答道：“人生如树花同发，随风而散；

或拂帘幌，坠茵席之上；或关篱墙，落粪溷之中。堕茵席者，殿下是也；落粪溷者，下官是也。贵贱虽复殊途，因果竟在何处？”

因果之说，由印度传来，在中国人思想生活上已成了主要部分的少数最有力的观念之一。中国古代道德家，常以善有善报、恶有恶报为训。但在现实生活上并不真确。佛教的因果优于中国果报观念的地方，就是可以躲过这个问题，将其归之于前世来世不断的轮回。

但是范缜的比喻，引起了我幼稚的幻想，使我摆脱了恶梦似的因果绝对论。这是以偶然论来对定命论。而我以十一岁的儿童就取了偶然论而叛离了运命。我在那个儿童时代是没有牵强附会的推理的，仅仅是脾性的迎拒罢了。我是我父亲的儿子，司马光和范缜又得了我的心。仅此而已。

四

但是这一种心境的激变，在我早年不无可笑的结果。1903年的新年里，我到我住在二十四里外的大姊家去拜年。在她家住了几天，我和她的儿子回家，他是来给我母亲拜年。他家的一个长工替他挑着新年礼物。我们回到路上，经过一个亭子，供着几个奇形怪状的神像。我停下来对我外甥说：“这里没有人看见，我们来把这几个菩萨抛到污泥坑里去罢。”我这带孩子气的毁坏神像主张，把我的同伴大大地吓住了。他们劝我走路，莫去惹那些本来已经濒于危境的神道。

这一天正是元宵灯节。我们到了家中，家里有许多客人，我的肚子已经饿了，开饭的时候，我外甥又劝我喝了一杯烧酒。酒在我的肚子里，便作怪起来。我不久便在院子里跑，喊月亮下来看灯。我母亲不悦，叫人来捉我。我在他们前头跑，酒力因我跑路，作用更起得快。我终被捉住，但还努力想挣脱。我母亲抱住我，不久便有许多人朝我们围拢来。

我心里害怕，便胡言乱道起来。于是我外甥家的长工走到我母亲身边，低低地说:“外婆,我相信他定是精神错乱了。恐怕是神道怪了他。今天下午我们路过三门亭,他提议要把几尊菩萨抛到污泥坑里去。一定是这番话弄出来的事。”我窃听了长工的话,忽然想出一条妙计。我喊叫得更凶,好像我就真是三门亭的一个神一样。我母亲于是便当空焚香祷告,说我年幼无知无咎,许下如果蒙神恕我小孩子的罪过,定到亭上去烧香还愿。

这时候,得报说龙灯来了,在我们屋里的人,都急忙跑去看,只剩下我和母亲两个人。一会儿我就睡着了。母亲许的愿,显然是灵应了。一个月后,我母亲和我上外婆家去,她叫我恭恭敬敬地在三门亭还我们许下的愿。

祥云地缝 绩溪溶洞,为古华阳十景之一。

五

我年甫十三,即离家上路七日,以求“新教育”于上海。自这次别离后,我于十四年之中,只省候过我母亲三次,一总同她住了大约七个月。出自她对我伟大的爱忱,她送我出门,分明没有洒过一滴眼泪就让我在这广大的世界中,独自求我自己的教育和发展,所带着的,只是一个母亲的爱,一个读书的习惯,和一点点怀疑的倾向。

我在上海过了六年(1904—1910),在美国过了七年(1910—1917)。在我停留在上海的时期内,我经历过三个学校(无一个是教会学校),一个都没有毕业。

我读了当时所谓的“新教育”的基本东西，以历史、地理、英文、数学，和一点零碎的自然科学为主。从已故林纾氏及其他诸人的意译文字中，我初次认识一大批英国和欧洲的小说家，司各特（Scott）、狄更斯（Dickens）、大小仲马（Dumaspère and fils）、雨果（Hugo）以及托尔斯泰（Tolstoy）等氏的都在内。我读了中国上古、中古几位非儒教和新儒教哲学家的著作，并喜欢墨翟的兼爱说与老子、庄子有自然色彩的哲学。

从当代力量最大的学者梁启超氏的通俗文字中，我渐得略知霍布斯（Hobbes）、笛卡儿（Descartes）、卢梭（Rousseau）、边沁（Bentham）、康德（Kant）、达尔文（Darwin）等诸泰西思想家。梁氏是一个崇拜近代西方文明的人，连续发表了一系列文字，坦然承认中国人以一个民族而言，对于欧洲人所具的许多良好特性，感受缺乏；显著的是注重公共道德，国家思想，爱冒险，私人权利观念与热心防其被侵，爱自由，自治能力，结合的本事与组织的努力，注意身体的培养与健康等。就是这几篇文字猛力把我以我们古旧文明为自足，除战争的武器，商业转运的工具外，没有什么要向西方求学的这种安乐梦中，震醒出来。它们开了给我，也就好像开了给几千几百别的人一样，对于世界整个的新眼界。

我又读过严复所译穆勒（John Stuart Mill）的《自由论》（*On Liberty*）和赫胥黎（Huxley）的《天演论》（*Evolution and Ethic*）。严氏所译赫胥黎的论著，于1898年就出版，并立即得到知识阶级的接受。有钱的人拿钱出来翻印新版以广流传（当时并没有版权），因为有人以达尔文的言论，尤其是它在社会上与政治上的运用，对于一个感受惰性与濡滞日久的民族，乃是一个合宜的刺激。

数年之间，许多的进化名词在当时报章杂志的文字上，就成了口头禅。无数的人，都采来做自己的和儿辈的名号，由是提醒他们国家与个人在生存竞争中消灭的祸害。向尝一度闻名的陈炯明以“竞存”为号。我有两个同学名杨天择和孙竞存。

就是我自己的名字，对于中国以进化论为时尚，也是一个证据。我请我二哥替我起个学名的那天早晨，我还记得清楚。他只想了一刻，他就说，“‘适者生存’中的‘适’字怎么样？”我表示同意；先用来做笔名，最后于1910年就用作我的名字。

六

我对于达尔文与斯宾塞两氏进化假说的一些知识，很容易地与几个中国古代思想家的自然学说联了起来。例如在道家伪书《列子》所述的下面这个故事中，发现两千年前有一个一样年轻，同抱一样信仰的人，使我的童心欢悦：

齐田氏祖于庭，食客千人。中坐有献鱼雁者，田氏视之，乃叹曰："天之于民厚矣！殖五谷，生鱼鸟以为之用。"众客和之如响。鲍氏之子，年十二，预于次，进曰："不如君言。天地万物，与我并生，类也。类无贵贱，徒以大小智力而相制，迭相食，非相为而生之。人取食者而食之，岂天本为人而生之？且蚊蚋噆肤，虎狼食肉，岂天本为蚊蚋生人，虎狼生肉者哉？"

绩溪龙川 山水秀美，三江汇流。

1906年，我在中国公学同学中，有几位办了一个定期刊物，名《竞业旬报》——达尔文学说通行的又一例子——其主旨在以新思想灌输于未受教育的民众，系以白话刊行。我被邀在创刊号撰搞。一年之后，我独自做编辑。我编辑这个杂志的工作不但帮助我启发运用现行口语为一种文艺工具的才能，且以明白的话语及合理的次序，想出自我幼年就已具了形式的观念和思想。在我为这个杂志所著的许多论文内，我猛力攻击人民的迷信，且坦然主张毁弃神道，兼持无神论。

1908年，我家因营业失败，经济大感困难。我于十七岁上，就必需供给我自己读书，兼供养家中的母亲。我有一年多停学，教授初等英文，每日授课五小时，月得修金八十元。1910年，我教了几个月的国文。

那几年（1909—1910）是中国历史上的黑暗时代，也是我个人历史上的黑暗时代。革命在好几省内爆发，每次都归失败。中国公学原是革命活动的中

龙川古村 云山缭绕的古村，是胡姓聚族而居的村落，已有1 600余年的历史，众多的徽文化遗存在这块徽风古韵里得到传承。

心，我在那里的旧同学参加此等密谋的实繁有徒，丧失生命的为数也不少。这班政治犯有好些来到上海与我住在一起，我们都是意气消沉，厌世悲观的。我们喝酒，作悲观的诗词，日夜谈论，且往往作没有输赢的赌博。我们甚至还请了一个老伶工来教我们唱戏。有一天早上，我作了一首诗，中有这一句："霜浓欺日淡"！（"How protldly does the wintry frost scorn the powerless rays of the sun."）

意气消沉与执劳任役驱使我们走入了种种的流浪放荡。有一个雨夜，我喝酒喝得醺醺大醉，在街上与巡捕角斗，把我自己弄进监里去关了一夜。到我次晨回寓，在镜中看出我脸上的血痕，就记起李白饮酒歌中的这一句："天生我材必有用。"（Some use might yet be made of this material born in me.）我决心脱离教书和我的这班朋友。下了一个月的苦工夫，我就前往北京投考用美国退还庚子赔款所设的学额。我考试及格，即于七月间放洋赴美。

奕世尚书坊 徽派石雕的精品，建于明嘉靖四十一年，以彰显户部尚书胡富和兵部尚书胡宗宪的业绩。

七

我到美国，满怀悲观。但不久便交结了些朋友，对于那个国家和人民都很喜爱。美国人出自天真的乐观与朝气给了我很好的印象。在这个地方，似乎无一事一物不能由人类智力做得成的。我不能避免这种对于人生持有喜气的眼光的传染，数年之间，就渐渐治疗了我少年老成的态度。

我第一次去看足球比赛时，我坐在那里以哲学的态度看球赛时的粗暴及狂叫欢呼为乐。而这种狂叫欢呼在我看来，似乎是很不够大学生的尊严的。但是到竞争愈渐激烈，我也就开始领悟这种热心。随后我偶然回头望见白了头发的植物学教授劳理先生（Mr.W.W. Rowlee）诚心诚意地在欢呼狂叫，我觉得如是的自惭，以致我不久也就热心地陪着众人欢呼了。

就是在民国初年最黑暗的时期内，我还是想法子打起我的精神。在致一个华友的信里面，我说道："除了你我自己灰心失意，以为无希望外，没有事情是无希望的。"在我的日记上，我记下些引录的句子，如引克洛浦（Clough）的这一句："如果希望是麻醉物，恐惧就是作伪者。"又如我自己译自勃朗宁的这一节诗：

从不转背而挺身向前，
从不怀疑云要破裂，
虽合理的弄糟，违理的占胜，
而从不作迷梦的，
相信我们沉而再升，败而再战，
睡而再醒。

1914年1月，我写这一句在我的日记上："我相信我自离开中国后，所学得

双桥　让人领略那天人合一返璞归真的意境。

的最大的事情，就是这种乐观的人生哲学了。”1915年，我以关于勃朗宁最优的论文得受柯生奖金（Hiram Crson Prize）。我论文的题目是《勃朗宁乐观主义辨》（*In Defense of Browning's Optimism*）。我想来大半是我渐次改变了的人生观使我于替他辩护时，以一种诚信的意识来发言。

我系以在康奈耳大学做纽约农科学院的学生开始我的大学生涯。我的选择是根据了当时中国盛行的，谓中国学生须学点有用的技艺，文学、哲学是没有什么实用的这个信念。但是也有一个经济的动机。农科学院当时不收学费，我心想或许还能够把每月的月费省下一部分来汇给我的母亲。

农场上的经验我一点都不曾有过，并且我的心也不在农业上。一年级的英国文学及德文课程,较之农场实习和养果学,反使我感觉兴趣。踌躇观望了一年又半,以立即缴纳四个学期的学费为处罚,以受了八个月困扰为代价,我最后转入文理学院。但是我对于我的新学科觉得更为自然,从不懊悔这番改变。

有一科“欧洲哲学史”——归故克莱顿教授(Professor J.E. Creighton)那位恩师主持——领导我以哲学做了主科。我对于英国文学与政治学也深有兴趣。康奈耳的哲学院(The Sage School of Philosophy)是唯心论的重镇。在其领导之下,我读了古代近代古典派哲学家比较重要的著作。我也读过晚近唯心论者如贝克莱(Bradley)、鲍桑葵(Bosanquet)等的作品,但是他们提出的问题从未引起我的兴趣。

1915年,我往哥伦比亚大学(Columbia University),就学于杜威教授(Professor John Dewey),直至1917年我回国之时为止。得着杜威的鼓励,我著成我的论文《先秦名学史》这篇论文,使我把中国古代哲学著作重读一遍,并立下我对于中国思想史的一切研究的基础。

八

我留美的七年间,我有许多课外的活动,影响我的生命和思想,说不定也与我的大学课业一样。当意气颓唐的时候,我对于基督教大感兴趣,且差不多把《圣经》读完。1911年夏,我出席于在宾夕法尼亚(Pennsylvania)普柯诺派恩司(Pocono Pjnes)举行的中国基督教学生会的大会做来宾时,我几乎打定主意做了基督徒。

但是我渐渐地与基督教脱离,虽则我对于其发达的历史曾多有习读,因为有好久时光我是一个信仰无抵抗主义的信徒。耶稣降生前五百年,中国哲学家老子曾传授过上善若水,水善应万物而不争。我早年接收老子的这个教训,使我大大地爱着《登山宝训》。

1914年,世界大战爆发,我深为比利时的命运所动,而成了一个确定的无抵抗者。我在康奈耳大同俱乐部(Cornell Cosmopolitan Club)住了三年,结交了许多各种国籍的热心朋友。受着像那士密氏(George Nasmyth)和麦慈(John Mez)那样唯心的平和论者的影响,我自己也成了一个热心的平和论者。大学废军联盟因维腊特(Oswald Garrison Villard)的提议而成立于1915年,我是其创办人之一。

到后来,各国际政治俱乐部(International Polity Clubs)成立,我在那士密氏和安格尔(Norman Angell)的领导之下,做了一个最活动的会员,且曾参加过其起首两届的年会。1916年,我以我的论文《国际关系中有代替武力的吗?》(*Is There a Substitute for Force in International Relations ?*)得受国际政治俱乐部的奖金。在这篇论文里面,我阐明依据以法律为有组织的武力建立一个国际联盟的哲理。

我的和平主义与国际大同主义往往使我陷入十分麻烦的地位。日本由攻击德国在山东的领土以加入世界大战时,向世界宣布说,这些领土"终将归还中国"。

龙川胡氏宗祠 始建于宋代,集徽派砖、木、石三雕和彩绘为一体,尤以木雕最为精湛。

龙川胡氏宗祠　享有“木雕艺术博物馆”的美誉，为全国重点文物保护单位。

我是留美华人中唯一相信这个宣言的人，并以文字辩驳说，日本于其所言，说不定是意在必行的。关于这一层，我为许多同辈的学生所嘲笑。及1915年日本提出有名的对华二十一条件，留美学生，人人都赞成立即与日本开战。我写了一封公开的信给《中国留美学生月报》，劝告处之以温和，持之以冷静。我为这封信受了各方面的严厉攻击，且屡被斥为卖国贼。战争是因中国接受一部分要求而得以避免了，但德国在华领土则直至七年之后才交还中国。

我读易卜生(Ibsen)、莫黎(John Morley)和赫胥黎诸氏的著作，教我思考诚实与发言诚实的重要。我读过易卜生所有的戏剧，特别爱看《人民公敌》(*An Enemy of the People*)、莫黎的《论妥协》(*On Compromise*)，先由我的好友威廉思女士(Miss Edith Clifford Williams)介绍给我，她是一直做了左右我生命最重要的精神力量。莫黎曾教我："一种主义，如果健全的话，是代表一种较大的便宜的。为了一时似是而非的便宜而将其放弃，乃是为小善而牺牲大善。疲弊时代，剥夺高贵的行为和向上的品格，再没有什么有这样拿得定的了。"

赫胥黎还更进一步教授一种理知诚实的方法。他单单是说："拿也如同可以证明我相信别的东西为合理的那种种证据来，那么我就相信人的不朽了。向我说类比和或能是无用的。我说我相信倒转平方律时，我是知道我意何所指的，我必不把我的生命和希望放在较弱的信证上。"赫胥黎也曾说过："一个人生命中最神圣的举动，就是说出并感觉得我相信某项某项是真的。生在世上一切最大的赏，一切最重要的罚，都是系在这个举动上"。

人生最神圣的责任是努力思想得好(to think well)，我就是从杜威教授学来的。或思想得不精，或思想而不严格的到它的前因后果，接受现成的整块的概念以为思想的前提，而于不知不觉间受其个人的影响，或多把个人的观念由造成结果而加以测验，在理知上都是没有责任心的。真理的一切最大的发现，历史上一切最大的灾祸，都有赖于此。

杜威给了我们一种思想的哲学，以思想为一种艺术，为一种技术。在《思维术》(*How To Think*)和《实验逻辑论文集》(*Essays in Experimental Logic*)里面，他制出这项技术。我察出不但于实验科学上的发明为然，即于历史科学上最佳的探讨，内容的详定，文字的改造，及高等的批评等也是如此。在这种种境域内，曾由同是这个技术而得到最佳的结果。这个技术主体上是具有大胆提出假设，加上诚恳留意于制裁与证实。这个实验的思想技术，堪当创造的智力（creative intelligence）这个名称，因其在运用想象机智以寻求证据，做成实验上，和在自思想有成就的结实所发出满意的结果上，实实在在是有创造性的。

奇怪之极，这种功利主义的逻辑竟使我变成了一个做历史探讨工作的人。我曾用进化的方法去思想，而这种有进化性的思想习惯，就做了我此后在思想史及文学工作上的成功之钥。尤更奇怪的，这个历史的思想方法并没有使我成为一个守旧的人，而时常是进步的人。例如，我在中国对于文学革命的辩论，全是根据无可否认的历史进化的事实，且一向都非我的对方所能答复得来的。

九

我母亲于1918年逝世。她的逝世，就是引导我把我在这广大世界中摸索了十四年多些的信条第一次列成条文的时机。这个信条系于1919年发表在以《不朽》（*Immortality*，*My Religion*）为题的一篇文章里面。

因有我在幼童时期读书得来的学识，我早久就已摒弃了个人死后生存的观念了。好多年来，我都是以一种“三不朽”的古说为满意，这种古说我是在《春秋左氏传》里面找出来的。传记里载贤臣叔孙豹于纪元前548年（时孔子还只有三岁。译者按，即鲁襄公二十四年）谓有立德、立功、立言三不朽。此三者“虽久不忘，此之谓不朽”。这种学说引动我心有如是之甚，以致我每每向我的外国朋友谈起，并给了它一个名字，叫做“三W的不朽主义”（三W即Worth，Work，Words三字的头一个字母）。

我母亲的逝世使我重新想到这个问题。我就开始觉得三不朽的学说有修正的必要。第一层，其弱点在太过概括一切。在这个世界上，有多少人其在德行功绩言语上的成就，其哲理上的智慧能久久不忘的呢？例如哥伦布

明代书法大家文徵明题写的世恩堂匾。

是可以不朽的了，但是他那些别的水手怎样呢？那些替他造船或供给他用具的人，那许多或由作有勇敢的思考，或由在海洋中作有成无成的探险，替他铺下道路的前导又怎样呢？简括地说，一个人应有多大的成就，才可以得不朽呢？

次一层，这个学说对于人类的行为没有消极的裁制。美德固是不朽的了，但是恶德又怎样呢？我们还要再去借重审判日或地狱之火吗？

我母亲的活动从未超出家庭间琐屑细事之外，但是她的左右力，能清清楚楚地从来吊祭她的男男女女的脸上看得出来。我检阅我已死的母亲的生平，我追忆我父亲个人对她毕生左右的力量，及其对我本身垂久的影响，我遂诚信一切事物都是不朽的。我们所做的一切什么人，我们所干的一切什么事，我们所讲的一切什么话，从在世界上某个地方自有其影响这个意义看来，都是不朽的。这个影响又将依次在别个地方有其效果，而此事又将继续入于无限的空间与时间。

正如莱布尼兹(Leibnitz)有一次所说，“人人都感觉到在宇宙中所经历的一切，以使那目睹一切的人，可以从经历其他各处的事物，甚至曾经并将识别现在的事物中，解释出在时间与空间上已被移动的事物。我们是看不见一切的，但一切事物都在那里，达到无穷境无穷期”。一个人就是他所吃的东西，所以达柯塔的务农者，加利芳尼亚的种果者，以及千百万别的粮食供给者的工作，都是

龙川胡氏宗祠和谐厅隔扇门裙板荷花图 清盛期的浮雕木雕精品。画中莲茎蜿蜒穿插，花苞与莲蓬亭亭玉立，荷叶迎风摇曳，鱼虾蟹水草丛中自在游弋，是和合文化的揭示。

生活在他的身上。一个人就是他所想的东西，所以凡曾于他有所左右的人——自苏格拉底（Socrates）、柏拉图（Plato）、孔子以至于他本区教会的牧师和抚育保姆——都是生活在他的身上。一个人也就是他所享乐的东西，所以无数美术家和以技取悦的人，无论现尚生存或久已物故，有名无名，崇高粗俗，都是生活在他的身上。诸如此类，以至于无穷。

一千四百年前，有一个人写了一篇论“神灭”的文章，被认为亵渎神圣，有如是之甚，以致其君皇敕七十个大儒来相驳难，竟给其驳倒。但是五百年后，有一位史家把这篇文章在他的伟大的史籍中纪了一个撮要。又过了九百年，然后有一个十一岁的小孩偶然碰到这个三十五个字的简单撮要，而这三十五个字，于埋没了一千四百年之后，突然活了起来而生活于他的身上，更由他而生活于几千百个男男女女的身上。

1912年，我的母校来了一位英国讲师，发表一篇演说：《论中国建立共和的不可能》。他的演讲当时我觉得很为不通，但是我以他对于母音O的特异的发音方法为有趣，我就坐在那里摹拟以自娱。他的演说久已忘记了，但是他对于母音O的发音方法，这些年来却总与我不离，说不定现在还在我的几千百个学生的口上，而从没有觉察到是由于我对于布兰特先生（Mr.J.C.P. Bland）的恶作剧的摹仿，而布兰特先生也是从不知道的。

两千五百年前，喜马拉雅山的一个山峡里死了一个乞丐。他的尸体在路旁已在就腐了，来了一个少年王子，看见这个怕人的景象，就从事思考起来。他想到人生及其他一切事物的无常，遂决心脱离家庭，前往旷野中去想出一个自救以救人类的方法。多年后，他从旷野里出来，做了释迦佛，而向世界宣布他所找出的拯救的方法。这样，甚至一个死丐尸体的腐溃，对于创立世界上一个最大的宗教，也曾不知不觉地贡献了其一部分。

这一个推想的线索引导我信了可以称为社会不朽（Social Immortality）的宗教，因为这个推想在大体上全系根据于社会对我的影响，日积月累而成小我，小我对于其本身是些什么，对于可以称社会、人类或大自然的那个大我有些什么施为，都留有一个抹不去的痕迹这番意思。小我是会要死的，但是他还是继续存活在这个大我身上。这个大我乃是不朽的，他的一切善恶功罪，他的一切言行思想，无论是显著的或细微的，对的或不对的，有好处或有坏处——样样都是生存在其对于大我所产生的影响上。这个大我永远生存，做了无数小我胜利或失败的垂久宏大的佐证。

这个社会不朽的概念之所以比中国古代三不朽学说更为满意，就在于包括英雄圣贤，也包括贱者微者，包括美德，也包括恶德，包括功绩，也包括罪孽。就是这项承认善的不朽，也承认恶的不朽，才构成这种学说道德上的许可。一个死尸的腐烂可以创立一个宗教，但也可以为患全个大陆。一个酒店侍女偶发一个议论，可以使一个波斯僧侣豁然大悟，但是一个错误的政治或社会改造议论，却可以引起几百年的杀人流血。发现一个极微的杆菌，可以福利几千百万人，但是一个害痨的人吐出的一小点痰涎，也可以害死大批的人，害死几世几代。

人所做的恶事，的确是在他们身后还存在的！就是明白承认行为的结果才

胡炳衡旧居 徽派典型古民居，江苏三泰（泰兴、泰县、泰州）地区“胡源泰”茶号传承人的祖居地。

构成我们道德责任的意识。小我对于较大的社会的我负有巨大的债项，把他干的什么事情，作的什么思想，做的什么人物，概行对之负起责任，乃是他的职分。人类之为现在的人类，固是由我们祖先的智行愚行所造而成，但是到我们做完了我们分内时，我们又将由人类将成为怎么样而受裁判了。我们要说，“我们之后是大灾大厄”吗？抑或要说，“我们之后是幸福无疆”吗？

青瓦墙檐 典型的徽派建筑文化。

十

1923年，我又得了一个时机把我们信条列成更普通的条文。地质学家丁文江氏所著，在我所主编的一个周报上发表，论《科学与人生观》的一篇文章，开始了一场差不多延续了一个足年的长期论战。在中国凡有点地位的思想家，全都曾参与其事。到1923年终，由某个善经营的出版家把这论战的文章收集起来，字数竟达二十五万。我被请为这个集子作序。我的序言给这本已卷帙繁重的文集又加了一万字，而以我所拟议的“新宇宙观和新人生观的轮廓”为结论，不过有些含有敌意的基督教会，却以恶作剧的口吻，称其为“胡适的新十诫”，我现在为其自有其价值而选译出来：

1. 根据于天文学和物理学的知识，叫人知道空间的无限之大。
2. 根据于地质学及古生物学的知识，叫人知道时间的无穷之长。
3. 根据于一切科学，叫人知道宇宙及其中万物的运行变迁皆是自然的——自己如此的——正用不着什么超自然的主宰或造物者。

4. 根据于生物学的科学知识，叫人知道生物界的生存竞争的浪费与残酷——因此叫人更可以明白那"有好生之德"的主宰的假设是不能成立的。

5. 根据于生物学、生理学、心理学的知识，叫人知道人不过是动物的一种；他和别种动物只有程序的差异，并无种类的区别。

6. 根据于生物的科学及人类学、人种学、社会学的知识，叫人知道生物及人类社会演进的历史和演进的原因。

7. 根据于生物的及心理的科学，叫人知道一切心理的现象都是有因的。

8. 根据于生物学及社会学的知识，叫人知道道德礼教是变迁的，而变迁的原因都是可以用科学的方法寻求出来的。

9. 根据于新的物理化学的知识，叫人知道物质不是死的，是活的；不是静的，是动的。

10. 根据于生物学及社会学的知识，叫人知道个人——"小我"——是要死灭的，而人类——"大我"——不是死的，不朽的；叫人知道"为全种万世而生活"就是宗教，就是最高的宗教。而那些替个人谋死后的"天堂"、"净土"的宗教，乃是自私自利的宗教。

我结论道：

这种新人生观是建筑在二三百年的科学常识之上的一个大假设，我们也许可以给他加上"科学的人生观"的尊号。但为避免无谓的争论起见，我主张叫他做"自然主义的人生观"。

我们在那个自然主义的宇宙里，在那无穷之大的空间里，在那无穷之长的时间里，这个平均高五尺六寸，上寿不过百年的两手动物——人——真是一个藐乎其小的微生物了。在那个自然主义的宇宙里，天行是有常度的，物变是有自然法则的，因果的大法支配着他——人——的一切生活，生存竞争

龙川胡宗宪尚书府 徽州仅存最为完美的官家豪宅，坐落古村中央，誉称徽州第一家。胡宗宪著《筹海图编》十三卷，书中明确标示钓鱼岛在中国版图内。

的惨剧鞭策着他的一切行为，——这个两手动物的自由真是很有限的了。

然而那个自然主义的宇宙里的这个渺小的两手动物，却也有他的相当的地位和相当的价值。他用的两手和一个大脑，居然能作出许多器具，想出许多方法，造成一点文化。他不但驯服了许多禽兽，他还能考究宇宙间的自然法则，利用这些法则来驾驭天行，到现在他居然能叫电气给他赶车，以光给他送信了。

他的智慧的长进就是他的能力的增加。然而智慧的长进却又使他的胸襟扩大，想像力提高。他也曾拜物拜畜生，也曾怕神怕鬼，但他现在渐渐地脱离了这种种幼稚的时期，他现在渐渐明白：空间之大只增加他对于宇宙的美感；时间之长只使他格外明了祖宗创业之艰难；天行之有常只增加他制裁自然界的能力。

甚至于因果律之笼罩一切，也并不见得束缚他的自由。因为因果律的作用，一方面使他可以由因求果，由果推因，解释过去，预测未来；一方面又

使他可以运用他的智慧，创造新因，以求新果。甚至于生存竞争的观念也并不见得就使他成为一个冷酷无情的畜生，也许还可以格外增加他对于同类的同情心，格外使他深信互助的重要，格外使他注重人为的努力，以减免天然竞争的残酷与浪费。总而言之，这个自然主义的人生观里，未尝没有美，未尝没有诗意，未尝没有道德的责任，未尝没有充分运用创造的智慧的机会。

本篇原载美国《论坛报》，1931年由上海大东书局译成中文出版，明耀五译，章衣萍校订并送胡适认定。

尚书府外廊

青山、曲廊、垂柳相映在清池中。

尚书府鱼池 青砖细瓦，飞檐高挑的水榭楼亭，还有错落有致的马头墙，凸现了特殊家族浓厚的文化底蕴。

这些话

都是我四五岁时就念熟了的。先生怎样讲解，我记不得了；我当时大概完全不懂得这些话的意义。我父亲死得太早，我离开他时，还只是三岁小孩，所以我完全不曾受着他的思想的直接影响……

从拜神到无神

尚书府水井 天地方圆，钱财茂元。

一

纷纷歌舞赛蛇虫，

酒醴牲牢告洁丰。

果有神灵来护佑，

天寒何故不临工？

这是我父亲在郑州办河工时（光绪十四年，1888年）做的十首《郑工合龙纪事诗》的一首。他自己有注道："霜雪既降，凡俗所谓'大王'、'将军'化身临工者皆绝迹不复见矣。""大王"、"将军"都是祀典里的河神；河工区域内的水蛇虾蟆，往往被认为大王或将军的化身，往往享受最隆重的祠祭礼拜。河工是何等大事，而国家的治河官吏不能不向水蛇虾蟆磕头乞怜，真是一个民族的最大耻辱。我父亲这首诗不但公然指斥这种迷信，并且用了一个很浅近的证据，证明这种迷信的荒诞可笑。这一点最可表现我父亲的思想的倾向。

我父亲不曾受过近世自然科学的洗礼，但他很受了程颐、朱熹一系的理学的影响。理学家因袭了古代的自然主义的宇宙观，用"气"和"理"两个基本观念来解释宇宙，敢说"天即理也"，"鬼神者，二气（阴阳）之良能也"。这种思想，虽有不彻底的地方，很可以破除不少的迷信。况且程朱一系极力提倡“格物穷理”，教人“即物而穷其理”，这就是近世科学的态度。我父亲做的《原学》，开端便说：

天地氤氲，万物化生。

这是采纳了理学家的自然主义的宇宙观。他做的《学为人诗》的结论是：

为人之道，非有他术：
穷理致知，反躬践实，
黾勉于学，守道勿失。

这是接受了程朱一系格物穷理的治学态度。

这些话都是我四五岁时就念熟了的。先生怎样讲解，我记不得了；我当时大概完全不懂得这些话的意义。我父亲死得太早，我离开他时，还只是三岁小孩，所以我完全不曾受着他的思想的直接影响。他留给我的，大概有两方面：一方面是遗传，因为我是“我父亲的儿子”。一方面是他留下了一点程朱理学的遗风：我小时跟着四叔念朱子的《小学》，就是理学的遗风；四叔家和我家的大门上都贴着“僧道无缘”的条子，也就是理学家庭的一个招牌。

绣楼 窗户、隔板加上苍旧的木楼，让人感觉徽风迎面，仿佛时光倒流。

我记得我家新屋大门上的“僧道无缘”条子，从大红色褪到粉红，又渐渐变成了淡白色，后来竟完全剥落了。我家中的女眷都是深信神佛的。我父亲死后，四叔又上任做学官去了，家中的女眷就自由拜神佛了。女眷的宗教领袖是星五伯娘，她到了晚年，吃了长斋，拜佛念经，四叔和三哥（是她过继的孙子）都不能劝阻她，后来又添上了二哥的丈母，也是吃长斋念佛的，她常来我家中住。这两位老太

撑拱 玲珑有致的木雕，画面栩栩如生。

婆做了好朋友，常劝诱家中的几房女眷信佛。家中人有病痛，往往请她们念经许愿还愿。

二哥的丈母颇认得字，带来了《玉历抄传》、《妙庄王经》一类的善书，常给我们讲说目连救母游地府，妙庄王的公主（观音）出家修行等故事。我把她带来的书都看了，又在戏台上看了《观音娘出家》全本连台戏，所以脑子里装满了地狱的残酷景象。

后来三哥得了肺痨病，生了几个孩子都不曾养大。星五伯娘常为三哥拜神佛，许愿，甚至于招集和尚在家中放焰口超度冤魂。三哥自己不肯参加行礼，伯娘常叫我去代替三哥跪拜行礼。我自己幼年身体也很虚弱，多病痛，所以我母亲也常请伯娘带我去烧香拜佛。依家乡的风俗，我母亲也曾把我许在观音菩萨座下做弟子，还给我取了一个佛名，上一字是个“观”字，下一字我忘了。我母亲爱我心切，时时教我拜佛拜神总须诚心敬礼。每年她同我上外婆家去，十里路上所过庙宇路亭，凡有神佛之处，她总教我拜揖。有一年我害肚痛，眼睛里又起翳，她代我许愿：病好之后亲自到古塘山观音菩萨座前烧香还愿。后来我病好了，她亲自跟伯娘带了我去朝拜古塘山。山路很难走，她的脚是终年疼的，但她为了儿子，步行朝山，上山时走几步便须坐下歇息，却总不说一声苦痛。我这时候自然也是很诚心地跟着她们礼拜。

我母亲盼望我读书成名，所以常常叮嘱我每天要拜孔夫子。禹臣先生学堂壁上挂着一幅朱印石刻的吴道子画的孔子像，我们每晚放学时总得对他拜一个揖。我到大姊家去拜年，看见了外甥章砚香（比我大几岁）供着一个孔夫子神龛，是用大纸匣子做的，用红纸剪的神位，用火柴盒子做的祭桌，桌子上贴着金纸剪的香炉烛台和供献，神龛外边贴着许多红纸金纸的圣庙匾额对联，写着“德配天地，道冠古今”一类的句子。我看了这神龛，心里好生羡慕，回到家里，也造了一座小圣庙。我在家中寻到了一只燕窝匣子，做了圣庙大庭；又把匣子中间挖空一方块，用一只小匣子糊上去，做了圣庙的内堂，堂上也设了祭桌、神位、香炉、烛台等等。我在两厢又添设了颜渊、子路一班圣门弟子的神位，也都有小祭桌。我借得了一部《联语类编》，抄出了许多圣庙联匾句子，都用金银锡箔做成匾对，请近仁叔写了贴上。这一座孔庙很费了我不少的心思。我母亲见我这样敬礼孔夫子，她十分高兴，给我一张小桌子专供这神龛，并且给我一个铜香炉；每逢初一和十五，她总教我焚香敬礼。

这座小神庙，因为我母亲的加意保存，到我二十七岁从外国回家时，还不曾

官厅 高悬的牌匾足显楼主的殊荣。

毁坏。但我的宗教虔诚却早已摧毁破坏了。我在十一二岁时便已变成了一个无神论者。

二

有一天，我正在温习朱子的《小学》，念到了一段司马温公的家训，其中有论地狱的话，说：

形既朽灭，神亦飘散，虽有剉烧舂磨，亦无所施……

绩溪湖村东部原野 缘溪环村南流，群山起伏，地貌独特。

我重读了这几句话，忽然高兴得直跳起来。《目连救母》、《玉历抄传》等书里的地狱惨状，都呈现在我眼前，但我觉得都不怕了。放焰口的和尚陈设在祭坛上的十殿阎王的画像，和十八层地狱的种种牛头马面用钢叉把罪人叉上刀山，叉下油锅，抛下奈何桥去喂饿狗毒蛇——这种种惨状也都呈现在我眼前，但我现在觉得都不怕了。我再三念这句话："形既朽灭，神亦飘散，虽有剉烧舂磨，亦无所施。"我心里很高兴，真像地藏王菩萨把锡杖一指，打开地狱门了。

这件事我记不清在哪一年了，大概在十一岁时。这时候，我已能够自己看古文书了。禹臣先生教我看《纲鉴易知录》，后来又教我改看《御批通鉴辑览》。《易知录》有句读，故我不觉吃力。《通鉴辑览》须我自己用朱笔点读，故读得很迟缓。有一次二哥从上海回来，见我看《御批通鉴辑览》，他不赞成；他对禹臣先生说，不如看《资治通鉴》。于是我就点读《资治通鉴》了。这是我研究中国史的第一步。我不久便很喜欢这一类历史书，并且感觉朝代帝王年号的难记，就想编一部《历代帝王年号歌诀》！近仁叔很鼓励我做此事，我真动手编这部七字句的历史歌诀了。此稿已遗失了，我已不记得这件野心工作编到了哪一朝代。但这也可算是我的"整理国故"的破土工作。可是谁也想不到司马光的《资治通鉴》，竟会大大地影响我的宗教信仰，竟会使我变成一个无神论者。

有一天，我读到《资治通鉴》第一百三十六卷，有一段范缜（齐梁时代人，死时约在西历510年）反对佛教的故事，说：

> 缜著《神灭论》，以为"形者神之质，神者形之用也。神之于形，犹利之于刃。未闻刃没而利存，岂容形亡而神在哉？"此论出，朝野喧哗，难之，终不能屈。

我先已读司马光论地狱的话了，所以我读了这一段议论，觉得非常明白，非常有理。司马光的话教我不信地狱，范缜的话使我更进一步，就走了无鬼神的路。范缜用了一个譬喻，说形和神的关系就像刀子和刀口的锋利一样；没有刀子，便

湖村 又称太极湖村，拥有800多年的历史。

没有刀子的"快"了；那么，没有形体，还能有神魂吗？这个譬喻是很浅显的，恰恰合一个初开知识的小孩子的程度，所以我越想越觉得范缜说的有道理。司马光引了这三十五个字的《神灭论》，居然把我脑子里的无数鬼神都赶跑了。从此以后，我不知不觉地成了一个无鬼无神的人。

我那时并不知道范缜的《神灭论》全文载在《梁书》（卷四八）里，也不知道当时许多人驳他的文章保存在《弘明集》里。我只读了这三十五个字，就换了一个人。大概司马光也受了范缜的影响，所以有"形既朽灭，神亦飘散"的议论；大概他感谢范缜，故他编《通鉴》时，硬把《神灭论》摘了最精彩的一段，插入他的不朽的历史里。他绝想不到，八百年后这三十五个字竟感悟了一个十二岁的小孩子，竟影响了他一生的思想。

《通鉴》又记述范缜和竟陵王萧子良讨论"因果"的事，这一段在我的思想上也发生了很大的影响。原文如下：

> 子良笃好释氏，招致名僧，讲论佛法。道俗之盛，江左未有。或亲为众僧赋食行水，世颇以为失宰相体。
>
> 范缜盛称无佛。子良曰，"君不信因果，何得有富贵贫贱？"缜曰，"人生如树花同发，随风而散，或拂帘幌，坠茵席之上；或关篱墙，落粪溷之中。坠茵席者，殿下是也。落粪溷者，下官是也。贵贱虽复殊途，因果竟在何处？"子良无以难。

这一段议论也只是一个譬喻，但我当时读了只觉得他说的明白有理，就熟读了记在心里。我当时实在还不能了解范缜的议论的哲学意义。他主张一种"偶然论"，用来破坏佛教的果报轮回说。我小时听惯了佛家果报轮回的教训，最怕来世变猪变狗，忽然看见了范缜不信因果的譬喻，我心里非常高兴，胆子就大得多了。他和司马光的神灭论教我不怕地狱，他的无因果论教我不怕轮回。我喜欢他们的话，因为他们教我不怕。我信服他们的话，因为他们教我不怕。

三

我的思想经过了这回解放之后，就不能虔诚拜神拜佛了。但我在我母亲面前，还不敢公然说出不信鬼神的议论。她叫我上分祠里去拜祖宗，或去烧香还愿，我总不敢不去，满心里的不愿意，我终不敢让她知道。

我十三岁的正月里，到大姊家去拜年，住了几天，到十五日早晨，才和外甥砚香回我家去看灯。他家的一个长工挑着新年糕饼等物事，跟着我们走。

半路上到了中屯外婆家，我们进去歇脚，吃了点心，又继续前进。中屯村口有个三门亭，供着几个神像。我们走进亭子，我指着神像对砚香说，"这里没有人看见，我们来把这几个烂泥菩萨拆下来抛到茅厕里去，好吗？"

这样突然主张毁坏神像，把我的外甥吓住了。他虽然听我说过无鬼无神的话，却不曾想到我会在这路亭里提议实行捣毁神像。他的长工忙劝阻我道："糜舅，菩萨是不能得罪的。"我听了这话，更不高兴，偏要拾石子去掷神像。恰好村子里有人下来了，砚香和那长工就把我劝走了。

我们到了我家中，我母亲煮面给我们吃，我刚吃了几筷子，听见门外锣鼓响，便放下面，跑出去看舞狮子了。这一天来看灯的客多，家中人都忙着照料客人，谁也不来管我吃了多少面，我陪着客人出去玩，也就忘了肚子饿了。

晚上陪客人吃饭，我也喝了一两杯烧酒。酒到了饿肚子里，有点作怪。晚饭后，我跑出大门外，被风一吹，我有点醉了，便喊道："月亮，月亮，下来看灯！"别人家的孩子也跟着喊，"月亮，月亮，下来看灯！"

门外的喊声被屋里人听见了，我母亲叫人来唤我回去。我怕她责怪，就跑出去了。来人追上去，我跑得更快。有人对我母亲说，我今晚上喝了烧酒，怕是醉了。我母亲自己出来唤我，这时候我已被人追回来了。但跑多了，我真有点醉了，就和他们抵抗，不肯回家。母亲抱住我，我仍喊着要月亮下来看灯。许多人围拢来看，我仗着人多，嘴里仍旧乱喊。母亲把我拖进房里，一群人拥进房来看。

这时候，那位跟我们来的章家长工走到我母亲身边，低低地说："外婆（他跟

千年古槠树 树干粗壮，根深叶茂，老而弥坚。树下为龙川胡氏祖墓，墓主为胡氏二十五显祖，宋朝枢密史胡云龙。

着我的外甥称呼），糜舅今夜怕不是吃醉了吧？今天我们从中屯出来，路过三门亭，糜舅要把那几个菩萨拖下来丢到茅厕里去。他今夜嘴里乱说话，怕是得罪了神道，神道怪下来了。”

这几句话，他低低地说，我靠在母亲怀里，全听见了。我心里正怕喝醉了酒，母亲要责罚我；现在我听了长工的话，忽然想出了一条妙计。我想：“我胡闹，母亲要打我；菩萨胡闹，她不会责怪菩萨。”于是我就闹得更凶，说了许多疯话，好像真有鬼神附在我身上一样！

我母亲着急了，叫砚香来问，砚香也说我日里的确得罪了神道。母亲就叫别人来抱住我，她自己去洗手焚香，向空中祷告三门亭的神道，说我年小无知，触犯了神道，但求神道宽宏大量，不计较小孩子的罪过，宽恕了我。我们将来一定亲到三门亭去烧香还愿。

这时候，邻舍都来看我，挤满了一屋子的人，有些妇女提着“火箒”（徽州人冬天用瓦垆装炭火，外面用篾丝作篮子，可以随身携带，名为火箒），房间里闷热得很。我热得脸都红了，真有点像醉人。

忽然门外有人来报信，说，“龙灯来了，龙灯来了！”男男女女都往外跑，都想赶到十字街口去等候看灯。一会儿，一屋子的人都散完了，只剩下我和母亲两个人。房里的闷热也消除了，我也疲倦了，就不知不觉地睡着了。

母亲许的愿好像是灵应了。第二天，她教训

了我一场，说我不应该瞎说，更不应该在神道面前瞎说。但她不曾责罚我，我心里高兴，万想不到我的责罚却在一个月之后。

过了一个月，母亲同我上中屯外婆家去。她拿出钱来，在外婆家办了猪头供献，备了香烛纸钱，她请我母舅领我到三门亭里去谢神还愿。我母舅是个虔诚的人，她恭恭敬敬的摆好供献，点起香烛，陪着我跪拜谢神。我忍住笑，恭恭敬敬地行了礼——心里只怪我自己当日扯谎时，不曾想到这样比挨打还更难为

湖村章氏宗祠　章氏家族稍胡氏之后定居湖村，祖祖辈辈依农兼商，但也出得武举文举人，现代作家翻译家章衣萍在中国文坛享誉卓著。

情的责罚！

直到我二十七岁回家时，我才敢对母亲说那一年元宵节，附在我身上胡闹的不是三门亭的神道，只是我自己。母亲也笑了。

十九［1930年］，十二，廿五　在北京

本篇原载1931年上海《新月》月刊第3卷第4期

现在

我且丢却亲子的关系不谈，先设一个譬喻来说。假如有位朋友留我在他家里住上若干年，并且供给我的衣食，后来又帮助……

初夏的收获。

我的儿子

铜锣 每逢秋千、抬阁等大型游艺活动，少不了它开道的作用。

我实在不要儿子，
儿子自己来了。
“无后主义”的招牌，
于今挂不起来了！

譬如树上开花，
花落天然结果。
那果便是你。
那树便是我。

树本无心结子，
我也无恩于你。
但是你既来了，
我不能不养你教你，

那是我对人道的义务，

湖村明代蟠龙香亭 雕工集混、线、隐、剔和透五大雕技于一体，堪称徽派木雕一绝。

并不是我待你的恩谊。

将来你长大时，

这是我所期望于你：

我要你做一个堂堂的人，

不要做我的孝顺儿子。

八[1919年],七,三十

附

汪长禄先生致胡适的信：

昨天上午我同太虚和尚访问先生，谈起许多佛教历史和宗派的话，耽搁了一点多钟的工夫，几乎超过先生平日见客时间的规则五倍以上，实在抱歉得很。后来我和太虚匆匆出门，各自分途去了。晚边回寓，我在桌子上偶然翻到最近《每周评论》的文艺那一栏，上面题目是《我的儿子》四个字，下面署了一个"适"字，大约是先生做的。这种议论我从前在《新潮》、《新青年》各报上面已经领教多次，不过昨日因为见了先生，加上"叔度汪汪"的印像，应该格外注意一番。我就不免有些意见，提起笔来写成一封白话信，送给先生，还求指教指教。

大作说，"树本无心结子，我也无恩于你"。这和孔融所说的"父之于子当有何亲"、"子之于母亦复奚为"差不多同一样的口气。我且不去管他。下文说的，"但是你既来了，我不能不养你教你，那是我对人道的义务，并不是待你的恩谊"。这就是做父母一方面的说法。换一方面说，做儿子的也可模仿同样口气说道："但是我既来了，你不能不养我教我，那是你对人道的义务，并不是待我的恩谊。"那么两方面凑泊起来，简直是亲子的关系，一方面变成了跛形的义务者，一方面变成了跛形的权利者，实在未免太不平等了。平心而论，旧时代的见解，好端端生在社会一个人，前途何等遥远，责任何等重大，为父母的单希望他做他俩的儿子，固然不对。但是照先生的主张，竟把一般做儿子的抬举起来，看做一个"白吃不回账"的主顾，那又未免太"矫枉过正"罢。

湖村砖雕 粲然夺目的徽派砖雕门楼，为镇村之宝，堪称“中华门楼第一村”，是徽州文化的活化石。

现在我且丢却亲子的关系不谈，先设一个譬喻来说。假如有位朋友留我在他家里住上若干年，并且供给我的衣食，后来又帮助我的学费，一直到我能够独立生活，他才放手。虽然这位朋友发了一个大愿，立心做个大施主，并不希望我些须报答，难道我自问良心能够就是这么拱拱手同他离开便算了吗？我以为亲子的关系，无论怎样改革，总比朋友较深一层。就是同朋友一样平等看待，果然有个鲍叔再世，把我看做管仲一般，也不能够说“不是待我的恩谊”罢。

大作结尾说道：“我要你做一个堂堂的人，不要你做我的孝顺儿子。”这话我倒并不十分反对。但是我以为应该加上一个字，可以这么说：“我要你做一个堂堂的人，不单要你做我的孝顺儿了。”为什么要加上这一个字呢？因为儿子孝顺父母，也是做人的一种信条，和那“悌弟”、“信友”、“爱群”等等是同样重要的。旧时代学说把一切善行都归纳在“孝”字里面，诚然流弊百出，但一定要把“孝”字“驱逐出境”，划在做人事业范围以外，好像人做了孝子，便不能够做一个堂堂的人。换一句话，就是人若要做一个堂堂的人，便非打定主意做一个不孝之子不可。总而言之，先生把“孝”字看得与做人的信条立在相反的地位……我以为“孝”字虽然没有“万能”的本领，但总还够得上和那做人的信条凑在一起，何必如此“雷厉风行”硬要把他“驱逐出境”呢？

前月我在一个地方谈起北京的新思潮，便联想到先生个人身上。有一位是先生的贵同乡，当时插嘴说道：“现在一般人都把胡适之看做洪水猛兽一样，其实适之这个人旧道德并不坏。”说罢，并且引起事实为证。我自然是很相信的。照这位贵同乡的说话推测起来，先生平日对于父母当然不肯做那“孝”字反面的行为，是决无疑义了。我怕的是一般根底浅薄的青年，动辄抄袭名人一两句话，敢于扯起幌子，便“肆无忌惮”起来。打个比方，有人昨天看见《每周评论》上先生的大作，也便可以说道：“胡先生教我做一个堂堂的人，万不可做父母的孝顺儿子。”久而久之，社会上布满了这种议论，那么任凭父母老病冻饿以至于死，却可以不去管他了。我也知道先生的本意无非看见旧式家庭过于“束缚驰骤”，急急地要替他调换空气，不知不觉言之太过，那也难怪。从前朱晦庵说得好，“教学者如扶醉人”，现在的中国人真算是大多数醉倒了。先生可怜他们，当下自告奋勇，使一股大劲，把他从东边扶起一样吗？万一不幸，连性命都要送掉，那又向谁叫冤呢？

我很盼望先生有空闲的时候，再把那“我的父母”四个字做个题目，细细地想一番。把做儿子的对于父母应该怎样报答的话（我以为一方面做父母的儿子，同时在他方面仍不妨做社会上一个人），也得咏叹几句，“恰如分际”，“彼此兼顾”，那才免得发生许多流弊。

胡适答汪先生的信：

前天同太虚和尚谈论，我得益不少。别后又承先生给我这封很诚恳的信，感谢之至。

“父母于子无恩”的话，从王充、孔融以来，也很久了。从前有人说我曾提倡这话，我实在不能承认。直到今年我自己生了一个儿子，我才想到这个问题上去。我想这个孩子自己并不曾自由主张要生在我家，我们做父母的不曾得他的同意，就糊里糊涂的给了他一条生命。况且我们也并不曾有意送给他这条生命。我们既无意，如何能居功？如何能自以为有恩于他？他既无意求生，我们生了他，我们对他只有抱歉，更不能“市恩”了。我们糊里糊涂的替社会上添了一个人，这个人将来一生的苦乐祸福，这个人将来在社会上的功罪，我们应该负一部分的责任。说得偏激一点，我们生一个儿子，就好比替他种下了祸根，又替社会种下了祸根。他也许养成坏习惯，做一个短命浪子；他也许更堕落下去，做一个军阀派的走狗。所以我们“教他养他”，只是我们自己减轻罪过的法子，只是我们种下祸根之后自己补过弥缝的法子。这可以说是恩典吗？

我所说的，是从做父母的一方面设想的，是从我个人对于我自己的儿子设想的，所以我的题目是“我的儿子”。我的意思是要我这个儿子晓得我对他只有抱歉，决不居功，决不市恩。至于我的儿子将来怎样待我，那是他自己的事。我决不期望他报答我的恩，因为我已宣言无恩于他。

先生说我把一般做儿子的抬举起来，看做一个“白吃不还账”的主顾。这是先生误会我的地方。我的意思恰同这个相反。我想把一般做父母的抬高起来，

精细的雕艺 丰富的画面让人瞠目结舌，赞不绝口。

叫他们不要把自己看做一种“放高利债”的债主。

先生又怪我把“孝”字驱逐出境。我要问先生，现在“孝子”两个字究竟还有什么意义？现在的人死了父母都称“孝子”。孝子就是居父母丧的儿子（古书称为“主人”），无论怎样忤逆不孝的人，一穿上麻衣，带上商梁冠，拿着哭丧棒，人家就称他做“孝子”。

我的意思以为古人把一切做人的道理包在孝字里，故战阵无勇，莅官不敬，

三维竹匾标语牌 50多年前村人的智慧，在不同的角度显示那个时代不同的口号。

等等都是不孝。这种学说，先生也承认他流弊百出。所以我要我的儿子做一个堂堂的人，不要他做我的孝顺儿子。我的意想以为“一个堂堂的人”决不致于做打爹骂娘的事，决不至于对他的父母毫无感情。

但是我不赞成把“儿子孝顺父母”列为一种“信条”。易卜生的《群鬼》里有一段话很可研究（《新潮》第五号页八五一）：

（孟代牧师）你忘了没有，一个孩子应该爱敬他的父母？

（阿尔文夫人）我们不要讲得这样宽泛。应该说：“欧士华应该爱敬阿尔文先生（欧士华之父）吗？”

这是说，“一个孩子应该爱敬他的父母”是耶教一种信条，但是有时未必适用。即如阿尔文一生纵淫，死于花柳毒，还把遗毒传给他的儿子欧士华，后来欧士华毒发而死。请问欧士华应该孝顺阿尔文吗？若照中国古代的伦理观念自然不成问题。但是在今日可不能不成问题了。假如我染着花柳毒，生下儿子又聋又瞎，终身残废，他应该爱敬我吗？又假如我把我的儿子应得的遗产都拿去赌输了，使他衣食不能完全，教育不能得着，他应该爱敬我吗？又假如我卖国主义，做了一国一世的大罪人，他应该爱敬我吗？

至于先生说的，恐怕有人扯起幌子，说，“胡先生教我做一个堂堂的人，万不可做父母的孝顺儿子。”这是他自己错了。我的诗是发表我生平第一次做老子的感想，我并不曾教训人家的儿子！

总之，我只说了我自己承认对儿子无恩，至于儿子将来对我作何感想，那是他自己的事，我不管了。

先生又要我做“我的父母”的诗。我对于这个题目，也曾有诗，载在《每周评论》第一期和《新潮》第二期里。

本篇原载《胡适文存》卷四，上海亚东图书馆1921年12月版。

上官桥 通往浒里古村的独木桥，与龙川坑口一河相连。

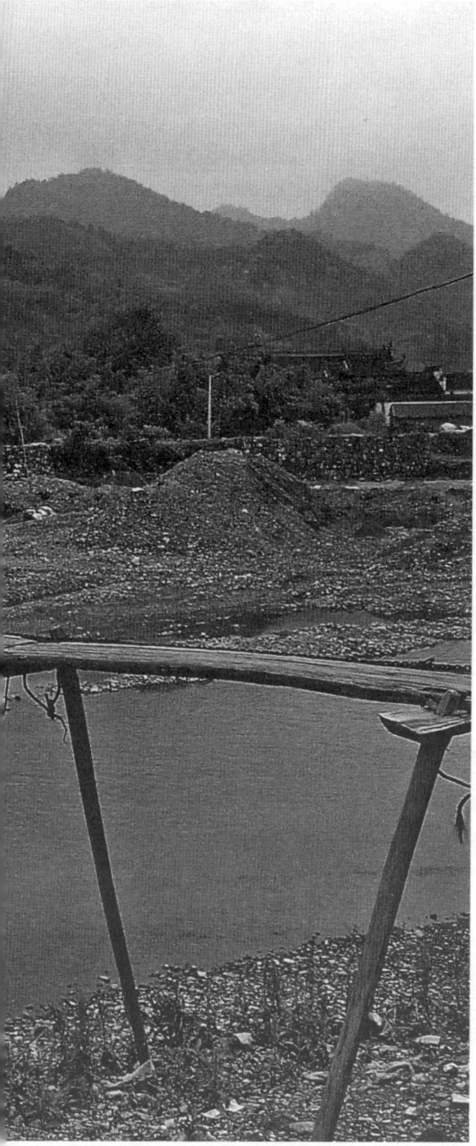

谨禀者

今日接得大人训示及近仁叔手札，均为儿婚事致劳大人焦烦。此事男去岁在里时大人亦曾提及，彼时儿仅承认赶早一二年，并未承认于今年举行也。此事今年万不可行。一则男实系今年十二月毕业……

家书——致母亲

三眼井。

致母亲

慈亲大人膝下：

谨禀者，今日接得大人训示及近仁叔手札，均为儿婚事致劳大人焦烦。此事男去岁在里时大人亦曾提及，彼时儿仅承认赶早一二年，并未承认于今年举行也。此事今年万不可行。一则男实系今年十二月毕业，大哥及诸人所云均误耳。此言男可誓之鬼神，大人纵不信儿言，乃不信二哥言耶？二则下半年万不能请假。盖本校定章若此学期有一月中请假一小时者，于毕业分数上扣去廿分；有二月中均有请假者扣四十分，余以次递加。大人素知儿不甘居人下，奈何欲儿以此儿女之私，抑儿使居人后乎！（一小时且不敢，何况二三礼拜乎？）三则吾家今年断无力及此。大人在家万不料男有此言，实则二哥所以迟迟不归者，正欲竭力经营，以图恢复旧业。现方办一大事，拮据已甚，此事若成，吾家将有中兴之望（此事亦不必先行禀知，以里中皆非善口，传之反贻人猜疑，贻人啧啧烦言也）。若大人今年先为男办此事，是又以一重担加之二哥之身也。且男完婚，二哥必归，而此间之事将成画饼矣。大人须念儿言句句可以对上帝，儿断不敢欺吾母。儿今年尤知二哥苦衷，望大人深信儿言，并以此意语二嫂知之。四则男此次辞婚并非故意忤逆，实则男断不敢不娶妻，以慰大人之期望。即儿将

浒里尚书府石牌坊。明代户部尚书胡富长在龙川，却生于浒里，牌坊为明代村人所立。

浒里方氏祠堂 内厅规模极大，气势恢弘。浒里有“黟侯世家”之誉，方氏始祖方储死后封黟侯。方祠比龙川胡祠早九年建造。

来得有机会可以出洋，亦断不敢背吾母私出外洋不来归娶。儿近方以伦理勖人，安敢忤逆如是，大人尽可放心也。儿书至此，儿欲哭矣，嗟夫吾母，儿此举正为吾家计，正为吾二哥计，亦正为吾一身计，不得不如此耳。若此事必行，则吾家四分五裂矣，大人不可不知也。若大人因儿此举而伤心致疾或积忧成痗，则儿万死不足以蔽其辜矣。大人须知儿万不敢忘吾母也。五则大人所言惟恐江氏处不便，今儿自作一书申说此中情形，大人可请禹臣师或近仁叔读之，不识可能中肯，以弟（原文如此）思之，除此以外别无良法矣。大人务必请舅父再为男一行，期于必成，期于必达儿之目的而后已。六则合婚择日儿所最痛恶深绝者，前此在家曾屡屡为家人申说此义。为人父母者，固不能不依此办法，但儿既极恨此事，大人又何必因此极可杀、极可烹、鸡狗不如之愚人蠢虫瞎子之一言。而以极不愿意、极办不到之事，强迫大人所生所爱之儿子耶？以儿思之，此瞎畜生拣此日子，使儿忤逆吾所最亲敬之母亲，其大不利一；使儿费许多笔墨许多脑力宛转陈辞以费去多少光阴，其大不利二；使吾家家人不睦，其大不利三；使母亲伤心，其大不利四；使江氏白忙一场，其不利五；使舅父奔走往来，两面难为情，其不利六，有大不利者六，而犹曰今年大利，吾恨不得火其庐、牛马其人而后甘心也。儿言尽于此矣，大人务必体谅儿子之心，善为调停，万不可待至临时贻无穷之忧。男手颤欲哭，不能再书矣。戊申七月初四日不孝儿子嗣糜百拜谨禀。

男现在不时回店，有信不如由泾县转寄之速也。此用红圈皆极紧之言，用作标识耳。

尤有一事，男不敢不告于大人者，男自得此消息至今消瘦甚矣。昨日拍有一照他日寄归，大人当亦伤心，儿何憔悴至此耶！

前寄余川汪上宾兄（即宅坦三老表嫂之义女婿）带有二哥及儿之信已收到未？儿已将致江村之信写好，因大人既以八月毕业为辞，故男信中亦以此为辞，庶不使大人失信于江氏。儿思儿之岳氏既有意与吾家为姻眷，今得儿书，当念二姓他日尚须来往，女婿他日尚须登堂相见，断不肯使儿为难，以阻二姓之好。则大人所言一切为难情形皆儿一身当之。望大人垂念儿子一片为吾家为吾母之苦心，助儿一臂，请舅父亲自为儿一行。有儿此信，大人及舅父均有可措词之道，事无不成之理。儿以昨日作两书，今日又作致江氏书，天气太热，作字太多，致背脊酸痛，今不能多作书矣。今并万言为一句曰："儿万不归也。"

儿子嗣糜饮泣书［1908年］7月31日

致母亲

慈亲大人膝下：

日前接读七月十二日手谕，欢喜无量。男与二哥在此均各平安，请勿远念。儿近已不欲他往，下半年仍在中国新公学，已于七月二十六日开课。儿每日授课四时，以外有暇，时时研习他国文字，以为出洋之预备。现所授之时间比上半年每日较少一时，便觉省力多矣（上半年每日五时）。

大人来谕言及债款家用等情，儿自当赶紧筹寄。儿在此所苦出息甚微，校中又万分拮据，以致今年未寄一钱。惟儿从不敢妄用一钱，致蹈浪费之弊，此则大人所能信儿者也。

来谕述舅父病状，令人骇异不已。所望抵家以后得泽舟及禹臣师诸君协力调治，药到回春，则此愿慰矣。惟人命至重，千万不可信愚人之言，妄服仙方或祈禳求愈，想大人必不以儿此言为过虑也。

来谕中附有与二哥一谕及聪儿一禀，均已交二哥看过。二哥昨夜（廿八日）往川沙料理店事，须数日始能回沪。前此二哥曾有痔疾，现已告痊，请大人及二嫂均可放心，毋庸焦虑也。

大人手谕中附有一信，乃一女子致其母者，署名宝孙。函中称呼人物皆儿所不解。以手谕有“儿妇于初八日来吾家”一语度之，似此函即儿妇手书。果尔，则此函字迹词意已略有

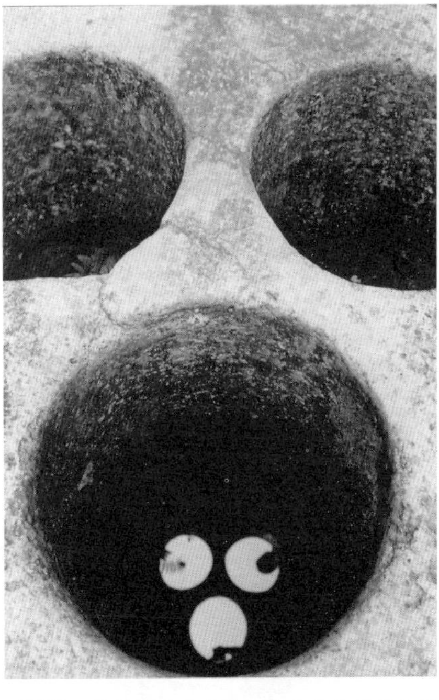

三眼井 传说原井旁方姓一家三个儿媳常为用水而争，主人一气之下凿成三个井眼的井圈，三个儿媳各占其一，可同时提水，寓意三人和睦相处。

可观，不可谓非大进步，此皆出吾母之赐也。儿甚愿其暇日能时时用功，稍稍练习，在吾家有诸侄可以问字，在岳家有其母可以问字，即此已足。现旌、绩两邑俱无完全女学，虽入学亦无大益，不如其已也。儿近年以来于世事阅历上颇有进步，颇能知足。即如儿妇读书一事，至今思之颇悔。从前少年意气太盛，屡屡函请，反累妇姑、岳婿、母子之间多一层意见，岂非多事之过。实则儿如果欲儿妇读书识字，则他年闺房之中又未尝不可为执经问字之地，以伉俪而兼师友，又何尝不是一种乐趣，何必亟亟烦劳大人，乃令媒妁之人蹀躞奔走，为儿寄语。至今思之儿欲失笑，想大人闻儿此言，亦必哑然失笑也。

禹臣师嘱买教科书及永儿读书，皆已购就，一并附呈。闻二哥言聪儿近能勉

方祠大门正面额枋 图案场面宏大，木雕精致。

强看小说，此大好事。惟小说中有一种淫书，切不可看。又有石印字太小之书，亦切不可看。聪儿眼目已有毛病，千万不可令以小说之故又受损伤，望大人及二嫂时时留意。此事关系甚大，不可轻易放过也。今日下课无事，执笔作此。舅父现在吾家，故不另禀问安，即乞大人致意问病，无任企切。谨此，叩请金安，伏乞

垂鉴

儿糜百拜

又，家中析产阄书，均已见过，惟姨太现在是否仍与大人合住，现在颇康健否？甚念！

七月廿九日［1909年］(9月13日)

致母亲

慈亲大人膝下：

敬禀者，本月曾托方庆寿兄带上胡开文借票一纸，并嘱其向开文取款带家，不知已收到若干。儿今年本在华童公学教授国文。后，二兄自京中来函，言此次六月京中举行留学美国之考试，被取者留在京中肄业馆预备半年或一年，即行送至美国留学。儿思此次机会甚好，不可错过。后又承许多友人极力相劝，甚且有人允为儿担任养家之费。儿前此所以不读书而为糊口之计者，实为养亲之故。而比年以来，穷年所得，无论儿不敢妄费一钱，终不能上供甘旨，下蓄妻孥，而日复一日年复一年岁不我与，儿亦鬑鬑老矣。既不能努力学问，又不能顾瞻身家，此真所谓“肚皮跌筋斗，两头皆落空”者是也。且吾家家声衰微极矣，振兴之责惟在儿辈，而现在时势，科举既停，上进之阶惟有出洋留学一途。且此次如果被取，则一切费用皆由国家出之。闻官费甚宽，每年可节省二三百金，则出洋一事于学问既有益，于家用又可无忧，岂非一举两得乎？儿既决此策，遂将华童之事辞去，一面将各种科学温习，以为入京之计。儿于四月中即已将此事始末作书禀告大人。

胡雪岩像（壁画）。

此书交弼臣姊丈带上，不意弼臣逗留上海不即归去，及儿知之已隔廿余日。事隔多日，遂将此信索回。今儿于廿二夜与二哥同趁“新铭轮”北上，舟中蜷伏斗室不能读书，因作此书奉禀。儿此举虽考取与否，成败尚不可知，然此策实最上之策，想大人亦必以为然也。儿此行如幸而被取则赶紧归至上海，搬取箱箧入京留馆肄业，年假无事当可归来一行。如不能被取，则仍回上海觅一事糊口，一面竭力预备以为明年再举之计。年假中亦必回家一行，望大人放心可也。儿此行舟中风平浪静，又有二兄同行，尤可无虑。抵京之后二哥往东三省，儿则留京预备，考期定于六月中，惟尚无定期，当俟抵京后再行报告也。儿有一照片托弼臣姊丈（即樟林）带上，大人已见之否？弼臣此次来沪带病而归，所患病乃系极危险之症，家中万不能医治，此次以资斧乏绝不能在沪诊治。如抵里后尚未痊愈或更利害，望大人转述儿意，令其再筹款来上海或杭州就西医诊治，千万不可再延，以误终身也。儿抵京后一切情形及考试之事，均俟入京后再行禀告。谨此，叩请金安。

糜儿百拜　五月十四日［1910年］(6月30日)

家中诸长老均此。

作于“新铭”舟中，时舟行黑水洋，水皆作黑色也。

华阳胡雪岩纪念馆外景　内院为文昌殿。

致母亲

第四号　元旦

糜儿百拜，遥祝吾母大人新禧百福。儿今日有大考一次，考毕无事，因执笔追记入学以来之事，以告吾母。想吾母新春无事，家人团聚之时，得此书以为家人笑谈之资，当是一乐也。

（一）体育　外国大学有体育院，中有种种游戏，如杠子、木马、跳高、爬绳、云梯、赛跑、铁环、棍棒之类，皆为习体育之用。大学定章，每人每星期须入此院练习三次。儿初一无所能，颇以为耻。因竭力练习，三月以来，竟能赛跑十围，爬绳至顶，云梯过尽，铁环亦能上去，棍棒能操四磅重者，舞动如飞。现两臂气力增加，儿前此手腕细如小儿，今虽未加粗，然全是筋肉，不复前此之皮包骨头矣。此事于体力上大有关系，如能照常习练，必可大见功效。现儿身体重一百十磅（脱去衣履时称得之重），每磅约中国十二两，一年之后，必可至一百五十磅矣。

（二）交际　美国男女平权，无甚界限。此间大学学生五千人，中有七八百女子，皆与男子受同等之教育。惟美国极敬女子，男女非得友人介绍，不得与女子交言（此种界限较之中国男女之分别尤严，且尤有理）。此间有上等缙绅人家，待中国人极优，时邀吾辈赴其家坐谈。美俗每有客来，皆由主妇招待，主人不过陪侍相助而已。又时延女客与吾辈相见。美国女子较之男子尤为大方，对客侃侃而谈，令人生敬。此亦中西俗尚之不同者也。

（三）饮食　此间食宿分为二事，如儿居此室，主人不为具食，须另觅餐馆。每日早餐有大麦饭（和牛乳）、烘面包（涂牛油）、玉蜀黍衣（和牛乳）之类。中晚两餐，始有肉食，大概是牛羊猪之类。至礼拜日，始有鸡肉。美国烹调之法，殊不佳，各种肉食，皆枯淡无味，中国人皆不喜食之。儿所喜食者，为一种面包，中夹鸡蛋，或鸡蛋火腿，既省事，又省钱，又合口味。有时有烤牛肉，亦极佳，惟不常有耳。儿所居之屋，房东是一老孀，其夫为南美洲人。南美洲地本产米，故土人皆吃饭，其烹肉烧饭之法，颇与中国相同。十一月中，主妇用一女厨子，亦是南美洲人，遂为同居之房客设食。同居者，有中国人七人，皆久不尝中国饭菜之

胡雪岩祖宅 坐落在绩溪湖里古村。童年时代的胡雪岩在此生活过。

味，今得日日吃饭食肉，其快意可想，儿亦极喜，以为从此不致食膻酪饮矣。不意主妇忽得大病，卧床数日，遂致死去。死后其所用之厨子亦去。如是此种中国风味之饮食，又不可得矣。此一事实，颇有趣味。吾母闻之，亦必为之大笑不已也。

右举三事，拉杂书之，即以奉禀。顺叩

金安

糜儿百拜　辛亥元旦［1911年］(2月18日）

家中长幼均此。

致母亲

第七号（不知此系第七号否）

吾母大人膝下：

得第五号书甚喜，又知上海之款已收到一月，甚望后此可源源而来，庶家中可无薪水之忧，而儿亦安心在外矣。儿之照片所以不常寄来者，因此间照片价昂，而儿友朋极多，每摄一影非得二三十张不敷分赠，故一时不能得耳。实则儿近来变易甚微，与前此所摄影相差正无几，故望吾母能恕儿不寄照片之罪也。儿今夏习夏课之外尚有外事，又须卖文，故忙极，一时未能多作书寄家，此咎亦望吾母宽恕也。儿前收到全家照片时曾作一诗，诗虽不佳，然亦足写儿近来感情，故另录一份寄家，望请禹臣师或近仁叔读之，并乞为吾母讲解之何如？儿近除忙外，他无所苦。今年夏间天气尤凉爽，无灾燠之苦，殊幸事也。今年南北战事又起，海外闻之甚为惶惧，但望兵灾勿及吾乡耳，大哥二哥处都无信来，奈何此信抵家时，想蕙苹侄女已将出嫁，望吾母为我致意贺其为人妇，并祝其后日夫妇和顺，儿女满膝，待儿归来时又有人呼儿作叔公矣。大姊家已抱孙否？砚香甥娶亲至今已将八九年，想已有儿女矣。匆匆奉禀，即叩吾母万福康健。

合家大小里中长中（幼）均此问安。

适儿百拜　［1913年］七月卅日

出门一首得家中照片作

出门何所望，缓缓来邮车。
马驯解人意，踯躅息路隅。
邮人逐户走，歌啸心自如。

徽杭古道　又称江南第一关，当年胡雪岩常往返于此，进浙经商，艰难求生。

湖里古村胡氏宗祠　历经沧桑，已腐木残壁，杂草丛生。

客子久凝伫，迎问书有无。
邮人授我书，厚与寻常殊。
开缄喜欲舞，全家在画图。
中图坐吾母，貌戚意不舒。
悠悠六年别，未老已微瘤。
梦寐所系思，何以慰倚闾。
对兹一长叹，悔绝温郎裾。
图左立冬秀，朴素真吾妇。
轩车来何迟，累君相待久。
十载远行役，遂令此意负。
归来会有期，与君老畦亩。
筑室杨林桥，背山开户牖。
辟园可十丈，种菜亦种韭。
闭户注群经，誓为扫尘垢。
我当授君读，君为我具酒。
何须赵女瑟，勿用秦人缶。
此中有真趣，可以寿吾母。

水烟筒　胡雪岩之父用物。

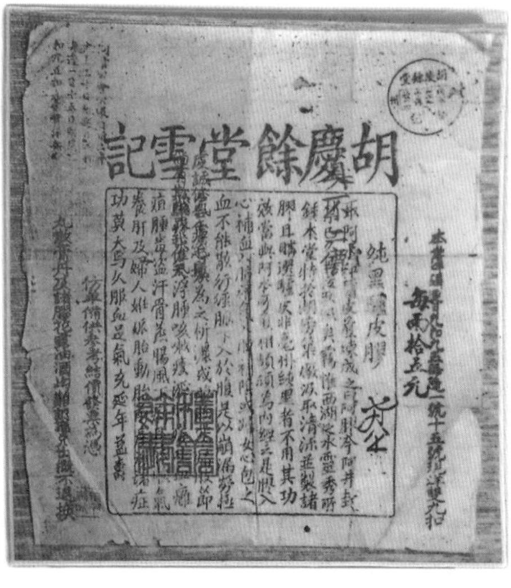

胡庆余堂药方。

致母亲

第五号上

吾母大人膝下：

去冬此间大雪，雪深廿七英寸（约华尺二尺二寸），有人为儿摄一影，今寄呈吾母。此影虽不甚佳，然可见雪深之景也。今春已归来，日朗风和，雪消不可见，曾作小诗一首云：

春暖雪消水作渠，
万山积素一时无。
欲檄东风讨春罪，
夺我遥林粉本图。

诗成后数日，忽又大寒，雪亦大至，万山积雪，又复成图，因又作诗云：

无复污流涨小渠，
但看飞雪压新芜。
东风不负词人意，
还我遥林粉本图。

然春雪究竟不能久留，诗成未一日，而万山积素又都销尽矣。儿久不作诗，此等诗但写一时所见，不足为诗也，然亦可见异邦雪意。

吾母可以此信示禹臣兄及近仁叔，以博二君一笑，何如？另附寄近仁叔书一封，乞转交去为盼。儿在此平安，但苦忙耳。此祝

吾母百福。

适儿　[1914年]四月十七日

致母亲

第十一号上

吾母大人膝下：

前寄第九、十两号书附影片数张，想都收到。今再寄上两张，一呈外祖母，一与大姊。如里中亲戚吾母以为尚有他人应赠此影者，儿当随后寄来。儿在此第四年已毕，今已入暑假，同学之有家者都已回家，惟无家之外国学生留此耳。心中百无聊赖，寂寞已极。前日与友人四五人同游影菲儿瀑泉山，步行十五英里（约华里五十里），极乐。归来有诗记之，今寄家乞转示近仁叔观之，儿居此平安，乞大人勿念。

适儿 ［1914年］六月十八日

春深百卉发，羁人思故园。
良友知我怀，约我游名山。
清晨集伴侣，朝曦在林端。
并步出郊坰，炊烟上小村。
遥山凝新绿，眼底真无垠。
官道一时尽，觅径穷辛艰。
缘溪入深壑，岩耸不可扪。
道狭草木长（平声），新叶吐奇芬。
鸟歌破深寂，鼯鼠下窥人。
有时蹊径绝，惟见小潺湲。
转石堆作梁，将扶度浅滩。
危岩不容趾，藤根巨可攀。
径险境愈幽，仿佛非人间。
探奇及日午，惊涛忽怒喧。
寻声下前涧，飞瀑当我前。

举头帽欲堕，了不见其巅。

奔流十数折，折折成珠帘。

澎湃激崖石，飞沫作雾翻。

两旁峰入云，逶迤相回环。

绩溪孔灵古村 门洞上方古孔灵三字为明代书画大家董其昌书。

孔灵汪家大院主屋峻德堂　堂前宋赐江南第一家牌匾高悬，大院为越国世家汪华后裔所居。

峻德堂
越國家聲

譬彼绝代姿，左右围群鬟，
又如叶护花，掩映成奇观，
对此不能去，且复傍水餐。
渴来接流饮，冷冽清肺肝。
坐久忘积暑，更上穷水源，
山石巉可削，履穿欲到跟。
落松覆径滑，蹞步不敢奔。
上有壁立崖，下有急流湍。
“一坠那得取”，杜陵无戏言。
（杜诗：百年不敢料，一坠那得取。）
攀援幸及顶，俯视卑群峦。
天风吹我襟，长啸百忧泯。
归途向山脊，稍稍近人烟。
小桥通急涧，石磴凿山根。
从容出林麓，绕道趋平便。
回首与山别，归来日未曛。
兹游不可忘，中有至理存。
佳境每深藏，不与浅人看。
勿惜几两屐，何畏山神悭。
要知寻山乐，不在花鸟妍。
冠盖看山者，皮相何足论。
作诗叙胜游，特此谢婵娟。

中华民国三年［1914年］六月十一日
游影菲儿瀑泉山作
胡　适

汪家南屏读书堂 族内学子研讨会讲的场所。

致母亲

第廿二号上

吾母：

儿作第廿号书后，即离去绮色佳，初三日至安谋司，赴“东美中国学生年会”，到会者凡一百十七人，中有女子二十余人。今年女学生赴会者人数之多，为历年所未有云，在会遇故人相识甚多，顷谈极欢。

初三日，“选举职员会”，儿被举为明年《留美学生月报》（英文）主笔之一，辞之不获，只可听之。初四日在会，为会之末日。

初五日，会毕，与同学数人同游波士顿，道经唐山，有楼可望见数十里外村市，风景绝佳。初五夜抵波士顿，居一人家。

初六日，为星期，往游波城公家藏书楼，中藏书一百余万册。

下午往游美术院，中藏古今东西雕刻之像、石器、铜器、金石、古玩、名画无

古水井、比丘尼元禄坛缸。

数。中有中国古画数十幅，皆极佳。有“宋徽宗缫丝图”真迹，为稀世之宝云。

初七日，以车往游立克信敦，此地多历史古迹。初北美洲本英国属地，百三十余年前，英王乔治第三重税此地，居人人心大愤，久之遂至决裂，故有独立之战。此战事凡历数年之久始定。美国遂脱英之羁绊，而成独立之国。此战之第一战，即在此地，是为立克信敦之战。今其地犹多铭功之碑，战死者之铜像云。

油灯 汪家照明的洋玩艺儿。

过此十里许，至康可，亦当日战场，古迹尤多。此地不独以历史古迹著也，美洲最有名之文人，如爱麦生，如霍桑，如阿尔恪夫人诸大文豪，生时皆居此，死即葬于是。儿等往游，徘徊凭吊于其墓上，思历史之遗烈，念文人之逸事，感慨之情，何能自已。

初八日，游哈佛大学校舍。哈佛大学开创于二百年前，至于今日，为此邦第一有名大学。校舍凡六十余所，皆高屋大厦，其最著者，为大学博物院。院中有玻璃花数百种，其花为德国植物学家伯纳楷所造，以玻璃为之，其花卉彩色须瓣枝叶，一一如生，为天下驰名之奇观云。世界能造此花者，仅有此君父子二人而已。

下午遇友人，请同往，坐汽车周行公园中，甚快。归来无事，因作此书。

儿拟稍留一二日，即当归去。

余当续寄。

适儿　初八日［1914年］(9月8日)

致母亲

第三号上

吾母：

前日得十一月十八日家书（不列号），具悉一切。儿前仅寄美金四十元，一、二月内当续寄款归家。

白特生夫人及维廉姑娘处，儿当代达母意致谢。

白特生夫人于儿子生日（十一月一十七日）特设馔招儿餐于其家，为儿作生日。儿客中得此，感激之私，何可言喻！吾母下次作书时，乞附及之。

此间又有韦莲司夫人者，其夫为大学地文学教师，年老告休。夫人待儿甚厚，儿时时往餐其家，亦不知几十次矣。去冬曾嘱儿附笔道候，想已收到。母下次作书时能附一短书与之，想韦夫人必甚喜也。

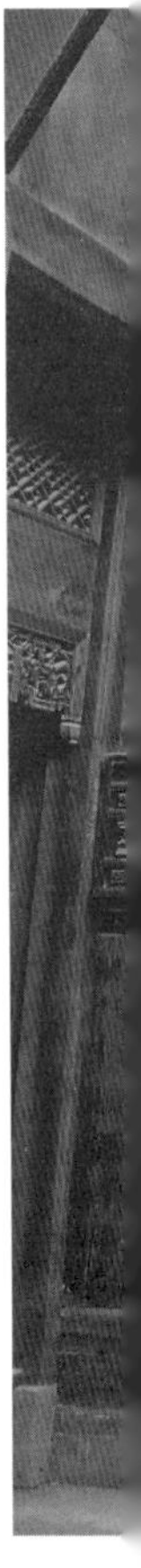

韦夫人之次女（即吾前廿五号所记之韦莲司女士也）为儿好友。女士在纽约习美术。儿今年自波士顿归，绕道纽约往访之，本月以事往纽约又往访之。儿在此邦所认识之女友以此君为相得最深。女士思想深沉，心地慈祥，见识高尚，儿得其教益不少。儿间与谈及吾母为人，女士每赞叹不已，嘱儿问母安好。吾母如有暇，亦望以一书予之。

吾母书中道及以吾乡产物作赠品，贡墨则西人无所用之，蜜枣及黄柏山茶皆好。吾国产物西方人得之每宝贵之，况吾乡土产乎！望吾母将此二种各寄些来，最好是用小瓶或小匣装好寄来。附上封面数纸可用以寄邮也〔赠品不在多，乞母寄黄柏山茶或六瓶或四瓶（每瓶半斤足矣）及蜜枣四盒，以便分赠也〕。前次信中所附之冬秀小影，得之甚喜。如下次有照像者至吾乡，望吾母再摄一影寄来（有半身大影更佳）。儿久不得见吾母颜色，能得照像亦慰情聊胜于无之计也。

书中又道及立大嫂康健如恒，闻之甚喜。乞母代儿致意问安为盼。并望代贺凤娇姐合婚大喜。

家中亲长年庚生日已收到，得之甚喜。今年仅得家书一封，甚念甚念。儿在此平安，乞吾母勿念。匆匆，即祝

吾母康健百福

合家清吉

适儿 ［1915年］二月十八日

耕读第 汪家传授祖训家规的厅堂。

汪家大院内精湛的木雕 檐柱外侧的撑拱木雕，狮子、人物神态逼真，动感极强。

致母亲

第十一号上

吾母：

七月廿七日寄第十号信，想已收到。十几日来，天气极热，为几年内所不曾有，幸儿所居地颇高，又有河上吹来的凉风，故尚还可以不为热气所苦，望勿念也。

昨日大雨半日，热气顿消。今夜坐房中，开窗读书，乃觉凉风吹入，渐有冷意，秋将至矣。此时静夜独坐，远念家中不知作何景象，亦不知家中人此时作何事，想当在烧午饭耳。

去年七月中曾作一词，名之曰“今别离”，不知儿曾写寄家中否？此乃羁人之辞，不可不令家中人知之，其词曰：

水调歌头　今别离

（序）一夜独行月光中，念黄公度“今别离”中，“汝魂将何之”一章，以梦写东西两半球昼夜之差。因念此意亦可以月色写之，遂以英文作一诗，后复自译成此词云。

“但愿人长久，千里共婵娟”（东坡句）。我歌坡老佳句。回首几年前，照我春申古渡，照汝云山深处，同此月团栾。皎色映征袖，轻露湿云鬟。今已矣，空对此，月新圆，清光脉脉如许，谁与我同看。遥念今宵此际，伴汝啼莺声里，骄日欲中天。帘外繁花影，村上午炊烟。

此词甚愿得近仁叔为家中人讲解之，并欲近仁告我此诗如何。冬秀现尚在吾家否？家中人想都平安。

适儿　［1915年］八月九日

致母亲

第十五号上

吾母：

顷得第七号家书，惊悉七叔父已于七月廿日长逝。先人一辈至今遂无一人，诚如吾母所言，良可惋叹。

此次家书谆谆以归期为念。此事已于前号（第十三号即第十二号）书中言之，可以复按也。

儿亦不自知何时可以得归。总之，儿之所以不归者，第一只为学业起见，其次即为学位。学业已成，学位已得，方可归来。儿决不为儿女婚姻之私，而误我学问之大，亦不为此邦友朋之乐，起居之适，而忘祖国与故乡。此二语可告吾母，亦可以告冬秀，亦可以告江氏岳母。儿远在三万里外，亦无法证此言之无虚。吾母之信儿，儿所深知。若他人不信儿言，儿亦无可如何，只好听其自然而已。至于外间谣传，儿已另行娶妻一说，此种无稽之谈，本不足辩。既有人信之，自不容不斥其妄。

一、儿若别娶何必瞒人？何不早日告知岳氏，令其另为其女择婿？何必瞒人以贻误冬秀之终身乎？

二、儿若有别娶之心，宜早令江氏退婚。今江氏之婚，久为儿所承认。儿若别娶，于法律上为罪人，于社会上为败类。儿将来之事业名誉，岂不扫地以尽乎？此虽下愚所不为，而谓儿为之乎？

三、儿久已认江氏之婚约为不可毁，为不必毁，为不当毁。儿久已自认为已聘未婚之人。儿久已认冬秀为儿未婚之妻。故儿在此邦与女子交际往来，无论其为华人、美人，皆先令彼等知儿为已聘未婚之男子。儿既不存择偶之心，人亦不疑我有觊觎之意，故有时竟以所交女友姓名事实告知吾母。正以此心无愧无怍，故能坦白如此耳。

四、儿主张一夫一妻之制，谓为文明通制。生平最恶多妻之制，（娶妾或两

绿雨轩　廊下为永不干涸的活水开池

汪家大院八角玄井 建筑独特，玄机重重。

头人之类)，今岂容躬自蹈之?

五、试问此种风说从何处得来?里中既无人知儿近状，又除儿家书之外，无他处可靠之消息，此种谣传若有人寻根追觅，便知为市虎之讹言。一犬吠影，百犬吠影(原文如此)，何足为轻重耶?

以上所云，望吾母转达岳氏以释其疑(或即以此函送去亦可)。母意若令儿作书(儿现实无暇作客气语)寄岳氏“表明心迹，确叙归期”，表明心迹则可，确叙归期则不可。以儿本不自知何时为确定之归期也。大约早则明年之秋，至迟亦不出后年之春，此则可以预告耳。

岳氏向平之愿未了，兼之以疾病，甚为此事焦急，儿岂不知，岂不能为之原谅?但儿终不能以儿女婚姻之细，而误我学问事业之大。亦决不能以此邦友朋之乐，起居之适，而忘吾祖国故里也。

适儿　十月三日

八角玄井池　深不可测。

致母亲

十八号上

吾母：

二月十九号得第十一号家书，惊悉大姊大哥及江氏岳母之死耗。半月以来日日欲作家书，而每一执笔辄不知从何说起。十年去家，遂与骨肉生死永诀，如此如此。今吾家兄弟姊妹仅存二姊二兄及儿三人而已。大姊之死犹[尤]为儿所深痛。犹忆幼时，母尝言“大菊乃非男子，真我家最大不幸之事”，使大姊与大哥易地而处，吾家宁有今日之现状乎？大姊一生好高，而生平所处境地处处限阻之。遂令抑抑以殁，可叹可哀。倘令大姊生于西方女子自由之国，其所成就宁可限也哉！

大哥一生不长进，及老而贫始稍稍敛迹，然已来不及矣。大哥近年来处境大苦，生未必较死乐也。惟身后萧条，闻之伤心。其身后妻子之累，尤不易存养，所望明儿立志成人，庶可养以育弟，为其父稍赎前愆耳。

齐儿之病，儿细思之，乃是其父之遗毒。此种遗毒乃是一种遗传病，非如世俗所谓因果报应也。西方之言曰“父之罪愆乃种于其子女之身”，此之谓也。此儿终身当成残废懵懂，无可救药也。

家中自经此番不幸之事，想吾母自必悲伤不已。所望吾母达观，一切以保身体，以慰游子之心。幸甚幸甚，切盼切盼。

儿自得此书数夜不能合眼，今颇能自排解，已能读书如故矣，望吾母勿以为念。

岳氏之死，闻之惨然。此老向平之愿未了，抱憾以殁，儿不得辞其咎也。江宅并未有信来，祭文之事甚欲为之。奈无可措辞，如何如何！若但作应酬俗套之语，则又耻为之。儿于岳氏仅甲辰春间遇于中屯外婆家，此外别无往来，欲为文祭之，每苦无话可说（去年曹怀之世兄万里书来，为其母七十寿辰征诗，却之不可，仅成一诗与之，亦以无话可说故也）。

此事儿当努力为之，俟成时寄家，如届时不成则辍之可也。盖作祭文不从心坎中说话，不如不作也。

一二日内当作书慰啨江宅及章宅。岳氏葬后，冬秀似可久居吾家，不必归去矣。彼姑嫂之间颇能相安否？

前得节公来书，言已于年内寄五十金至吾家，并允于今春寄五十金，想皆已到。节公厚意可感也。儿迩来甚思归，此后当力图早归之计。惟此时国中纷乱如麻，归亦何用，当待少承平时再定行止耳。昨日得南京友人来书，言南京高等师范学校校长江易园先生欲招儿往该校教授，儿已以不能即归辞之。大约儿归国旨当可觅一啖饭养家之处耳。去年四川高等师范学校欲得一英文教习，寄书此邦某君，言欲得“中西文兼长如胡适者”，某君举以相告，儿为大笑。

第十一号书中又言“曹尚友君自京都来，说及尔时汇寄洋银与尔二兄”，此言全属子虚。吾国人最喜造谣言，此其一证也。二兄从未乞儿之助，儿亦未寄分文与之，望吾母勿信旁人之言也。二哥年来仅有一书与儿，盖彼年来景况不佳，百不得意，故不乐多作书。其所以不寄书与吾母者，想亦因此之故，非有怠慢之心也。

外婆之病想已占勿药之庆，儿别有书问之。

儿此刻无小影可寄家，俟有印成之时，即当寄来也。

前寄之茶叶蜜枣收到之后，除已分送友人外，余留自用。蜜枣早已吃完，因此间中国朋友皆喜吃之，故早完也。茶叶尚存许多，可敷一年之用。儿室中有小炉子，有时想喝茶则用酒精灯烧水烹茶饮之，有时有朋友相访，则与同享之。

惟所寄丝巾至今未到，想因附在大包内途中遗失耳。匆匆。

即祝

吾母百福

适儿 ［1916年］三月十五日

叶里古庙 居金桂园内，是汪家祭孔的仙庙。庙前的金桂树成长了400多年，桂蕊流香。

致母亲

第十四号上

吾母：

九月四日寄第十三号信，想已收到。今日为九月廿七日，为科仑比亚大学开学之期，明日上课。第七年第一学期开课矣。

儿所作博士论文，夏间约成四分之一。今当竭力赶完，以图早归。今年归期至多不过九月、十月耳。当此九月、十月时间，有许多事均须早日筹备。

第一，归国时作何事业。

第二，归国未得久远事业时，该如何办理，如何糊口。

第三，家事如何安排，何时结婚，何时出门。

凡此诸事，似宜早为打算，免得他日临时抱佛脚也。然此三事之中，以第一事为要。此事一定，其他三事，不待言矣。俟有定局时，即当禀知，以释吾母之远念。

一年以来，久不得冬秀之书，岂因其不会写信，就不肯写乎？其实自己家人写信，有话说话，正不必好，即用白字，亦有何妨？亦不必请人起稿，亦不必请人改削也。望母以此意告之。如冬秀尚在吾家，望母令彼写信与我，两行三行都无不可也。

写信最忌作许多套话，说许多假话。前得明侄、永侄两信，都犯此病。冬秀前年来信，并犯此病。若用假话写家信，又何必写乎？

此间有朱经农者，乃儿之旧同学也。日前曾告儿言，新得其夫人来书，"虽有白字，颇极缠绵之致"。儿为填一白话词戏之曰：

先生几日魂颠倒，
他日书来了。
虽然纸短却情长，
带上两三白字又何妨。

汪家涅波别墅堂　由胡适题匾。

可怜一对痴儿女，

不惯分离苦。

别来还没几多时，

早已书来细问几时归。

连类想及之，遂写于此，以博家中人一笑。匆匆，即祝吾母康健。

适儿　[1916年]九月廿七夜

仁里古村 绩溪程姓的发源地。千年的传承，村里保留了明清时期四门三街十八巷风貌。

致母亲

吾母：

顷得八月廿九日书，如大嫂与秠嫂均有疾病，甚以为念。甚望其早早痊愈也。绍之之信，其原因在适一人，适到上海时，曾将秠嫂所问诸事直问绍之，并告以川店之事，秠嫂实难怪有怨言。绍之闻言，颇为愤激，因细说家中种种误会之原因。如可卿叔欠款之[数]字，实系可卿误记。此款收到后，即划在川店账上，故次年之誊清簿上，即将可卿欠项减去五十余千。（当日洋价有一千数百，故六十元可抵五十余千。）

只止[此]一端，可见家中路远难免误会错怪之处。至于川店，则几十年之账簿适亦略略翻看，其间大抵亏本之年居多，而盈余之时极少。年来市面更坏，用人又不得当，故已成无可救药之势。绍之苦心把此店盘顶，把亏欠之款摊完，其中一切细情，想节甫公定已向家中说过。至于绍之家眷在川沙，实不致动用

仁里村河岸古道 道下留存徽商云集的水陆码头，足显徽杭古道重镇商贾文化积淀深厚。

川店之款。秠嫂在川沙种种节俭刻苦之情形，实有不能一一笔述者（尚有许多苦情，非写信所能言也）。

家中不知此情，故有误会耳。

总之，绍之对于川店，不可谓不曾用尽心力。无奈绍之年来亦极艰苦困难，故不能有整顿补救之力耳。

川店久已成为家累，家中决不能靠此为养家吃饭之计。今幸将亏欠之款作一成摊还，免了债累，已为侥幸矣。望秠嫂能明白此一层情形，并望其莫过于心焦着急。他日家中家用及永侄身上之事，适总可以支应。大嫂一方面亦可由适承担，请大嫂放心可也。

适在此上月所得薪俸为二百六十元，本月加至二百八十元，此为教授最高级之薪俸。适初入大学便得此数，不为不多矣。他日能兼任他处之事，所得或尚可增加。即仅有此数亦尽够养吾兄弟全家，从此吾家分而再合，更成一家，岂非大好事乎！

茂光表兄信内言，母意此次请假归娶，非两个月不可，此决不能办到，今附上大学章程一页，读之便知年假之短。适在大学中不能多请假之故四

仁里村古门楼。

仁里村古街

条，(一）大学今年开课太迟，故不便多旷课。(二）适所任工课，不易请人代教。(三）此次教育部因改订大学章程事，召集一会讨论此事，适亦被请参预会事。因建议废现行之分年级制，而采用“选科制”。此议已经教育部通过，但一切细目详章尚须拟好。此为中国学制上一大革命，一切办理改革之法，非数月所能料理。适为创议之人，当竭力筹办此事，期于一年之内可见诸实行。故决不能久离京城，头尾一个月已多，两月万不能办到也。(四）大学现拟分部组织教授会，适亦为创此议之人，故非将此事办妥，不能久离京也。有此四层，故上次写信言暂择十二月三十日（十一月十七日）为婚期。适但能于十二月廿二三到家。婚后六七日（至多十日）即须出门返京。以须赶路，故此次或不能带新妇同行。但有这个办法，若此法不能行，则可择以下两条办法：

(一）将冬秀送来北京结婚。

(二）且等明年夏六月（阴历五月）再迎娶。

以上共有三条办法，望母斟酌妥善，再与江宅商量。商量停当，望即日飞函告知适，以便早作筹备（可将此函之后半段送与耘圃兄阅之）。

此间朋友皆劝适在北京结婚，此法实为最便。若能行此法，可与江宅商之。适意在北京结婚之办法，约如下：

(一）可请耘圃兄将冬秀送来，川资由适任之。

(二）今津浦铁路已断，但有趁京汉火车。

(三）可不必先择日期，俟冬秀到时再择日结婚（如能于十二月三十日前到更妙）。

(四）冬秀到时，可先住旅馆中。此间有甚上等的旅馆，一切都方便。

(五）婚礼即于适所租房内行之。

(六）家中此时可不必开贺，俟适明年来家再补请喜酒。

(七）此时京汉火车虽通，但不许客人多带行李(因京汉亦被水冲坏，今新修好，尚不能如旧也)。若来时，千万勿多带物件，但带铺盖衣服可矣，其余可存放家中。

以上办法不过因路远，不便时时用信谈话，故先述于此，以免他日不及陈说。究竟能在北京结婚与否，尚须待家中及江宅斟酌回复也。

此事已不宜延迟，望速即与江宅一商。能请一人往江村当面接洽一切，则更佳矣。

匆匆，百忙中草此长书。即祝

吾母百福

适儿（重九后一日）廿五日[1917年](10月25日)

水上交通的发达，仁里的民居建筑也吸纳了西洋元素。

风格各异的徽派古民居。

致母亲

吾母：

前天有一信，说及托耘圃带冬秀来京之事。匆忙之中，说得不很详细。今把我所以要如此办法的缘故说在下面：

（一）我因耘圃本要来，故托他顺便带妹来，可以省得我费去有用的时候。

（二）我很望冬秀能早些来，因她已近三十岁了，若再不出来受点教育，要来不及了。我的妻子，在外边不能不和朋友们的女眷相见往来，这一层很要紧。至于我个人的方便，还是第二层。

（三）我恐怕夏间或不能来家。我岂不知道吾母望我来家小住？但我仔细一算，这事有许多困难：第一，我预备在暑假中做一部书，若把整段的七八十日割断了，便做不成书了。第二，我是英文部的主任，夏间大学招考，我不能不到（因为我的薪俸是每年作十二个月算的，暑假中也有全俸，不能不办事）。第三，我若是回家，也住不到几天，带了家眷就跑，似乎有点不合道理。若多住，又做不到。若回家只住几天，倒不如不回家了。第四，我很不愿意夏天在内地旅行，去年走了两趟很够受了。故我宁愿到年假时请假回来，还可住上半个月。虽不能多住，究竟比暑假好些。暑假是整段的时间遭[糟]蹋了可惜。年假是零碎的时间，没有大用处，故不可惜。况我在这里，平时从来不请假，年底告两个礼拜的假，决无不可的。

（四）若不令耘圃带来，万一我暑假中不回来，便又须再等半年多，始可带家眷出来，岂不错过了个好机会？这种机会，不容易得，错过了似乎可惜。

这是我当初想托耘圃顺便带家眷的理由。如今吾母既不赞成，只好暂时作罢，耘圃一方面我已有信去，说明吾母望我自己回家之意。他来信说拟于端午节边来京。此时尚有两个多月，时候尽多，如那时我实在不能自己回家，再去托他与冬秀同来，也还不迟。

今天有一位丁先生的夫妇请我吃便饭，丁先生是英国留学生，现在高等师范教书。他的夫人也是英国留学生(无锡人,他的母舅和我是朋友),现在女子师范教书。同席的有一位陶孟和先生是我的好友。还有位嘉兴的沈女士,是陶先生的朋友,现在差不多要和他订婚了。此外还有一位上海的沈女士,是女子师范的教员,是我的同学顾君(尚在美国)的聘妻,大家都是熟人,很可谈谈。

我在外国惯了,回国后没有女朋友可谈,觉得好像社会上缺了一种重要的分子。在北京几个月,只认得章行严先生的夫人吴弱男女士。吴夫人是安徽大诗人吴君遂(北山楼主人)先生的女儿,曾在英国住了六年,很有学问,故我常去和她谈谈。近来才认得上面所说的几个女朋友。可见中国男女交际还不曾十分发达。

今天是清明节,想家中必很忙。

聪儿昨天去看美术学校招考的榜,居然考取了第八名,我听了极欢喜。他不曾进过学堂,此次共考国文、算术、图画、历史、地理、理科六项,都是四五十日内赶补起来的,竟能考得很高,岂非可喜之事。此校于四月八日开学,学费很低。

聪儿去考的前一夜即是二嫂死信到的时候,入学校时有此绝大的纪念日,当可鼓励他用力上进了。聪儿在此颇勤谨。昨天我买了些外国窗纱回来,要叫裁缝做窗帘,他自己要拿去做,一切剪裁缝订都是他做的。今天安上去,居然很合用。家中人听了,可不要笑他"男做女工,玷辱祖宗"呢!

一点钟了,我要睡了。

适儿　清明日

看下文(附加)

昨夜一点钟去睡,床上想了一夜,今再将心中所拟办法写在下面:

(一) 如吾母病体见好一点,可以离开,则可令冬秀与秬圃同来,永侄亦可同来。但须先与秬圃商量停当。

(二) 若单为带冬秀一事,要我自己于夏间回家,恐怕做不到。

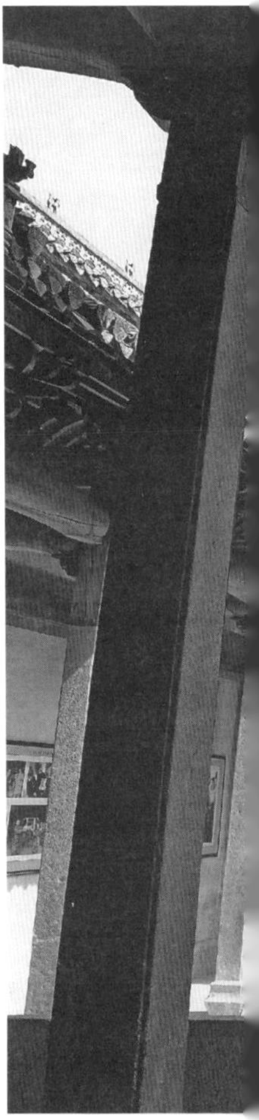

（三）若吾母肯于夏间与冬秀同来北京，则我无论如何当亲来家一行。但在家只能住几天不能多住。

（四）若吾母自己不肯出来，冬秀又不能先来，则带家眷一事，可暂时作罢，等到冬天再说。

以上几条望吾母决定早日告知，最好是吾母肯于夏间与冬秀一同出来。

适儿 ［1918年］四月六日

仁里程氏宗祠 祠中展示了程氏人才辈出清册。当代名人原国家出版局副局长、中国出版工作者协会第二届主席王子野（原名程敷锋）也列其间。

致母亲

吾母:

冬秀们到了三天多了。冬秀病了一天就好了,但还咳嗽。耘圃病了两天了,两天都有寒热。昨天请医生看了,现在正吃药。他们都不是长[常]出远路的人,所以经不起辛苦。不过这都是时症风寒,不很要紧。

冬秀带来许多家乡食物,如茶叶、干挂豆、萝葡丝、笋衣、豆豉之类,都是吾母一人亲手安排料理的。我心里实在感激,吾母待我们如此之好。等过了几天,我们要把笋衣烧肉,等笋炖肉,萝卜丝做塌果,请几个熟朋友来吃真正家乡菜可不好吗?

昨天我的课完了,总算过了一个学年。如今又是暑假期近了,此时正预备大考,考完了,月底便放假了。

昨天下午有几个朋友来看我们。两个是大学的教员陶先生和程先生,一个是大学会计课员郑先生,两个是女子师范教员丁夫人和沈女士。下午很闹热的。

吾母近来身体如何?望格外保重为要。

适儿　冬秀

[1918年]六月十五日

本文选自《胡适遗稿及秘藏书信》第21册,黄山书社1994年版。

仁里程氏宗祠精湛的木雕。

胡适妻子江冬秀故居 位于旌德县江村，与绩溪上庄一山之隔。

此吾

第一次寄姊书也。屡得吾母书，俱言姊时来吾家，为吾母分任家事。闻之深感令堂及姊之盛意。出门游子，可以无内顾之忧矣……

家书——致妻儿

胡适与妻子江冬秀。

致江冬秀

冬秀贤姊如见：

此吾第一次寄姊书也。屡得吾母书，俱言姊时来吾家，为吾母分任家事。闻之深感令堂及姊之盛意。出门游子，可以无内顾之忧矣。吾于十四岁时，曾见令堂一次，且同居数日，彼时似甚康健，今闻时时抱恙，远人闻之，殊以为念。近想已健旺如旧矣。前曾于吾母处，得见姊所作字，字迹亦娟好，可喜，惟似不甚能达意，想是不多读书之过。姊现尚有工夫读书否？甚愿有工夫时，能温习旧日所读之书。如来吾家时可取聪侄所读之书，温习一二。如有不能明白之处，即令侄辈为其讲解。虽不能有大益，然终胜于不读书坐令荒疏也。姊以为何如？吾在此极平安，但颇思归耳。

草此奉闻。即祝无恙。

胡适手书 ［1911年］四月廿二日

致江冬秀

冬秀贤姊如见:

前由家母转交照片三种(一大二小,小者乃六月内所寄),想皆已收到。适留此邦已四载,已于去秋毕业。今已决计再留二年,俟得博士学位时始归,约归期当在民国五年之夏矣。适去家十载,半生作客他乡,归期一再延展,遂至今日,吾二人之婚期,亦因此延误,殊负贤姊。惟是学问之道,无有涯矣。适数年之功,才得门径。尚未敢自信为已升堂入室,故不敢中道而止。且万里游学,官费之机会殊不易得,尤不敢坐失此好机会。凡此种种不能即归之原因,尚乞贤姊及岳母曲为原谅,则远人受赐多矣。适去家日久,家慈倚闾之思,自不容已。幸贤姊肯时时往来吾家,少慰家慈思子之怀、寂寞之况。此适所感谢不尽者也。前曾得手书,字迹清好。在家时尚有工夫读书写字否?如有暇日,望稍稍读书识字。今世妇女能多读书识字,有许多利益,不可不图也。前得家母来信,知贤姊已肯将两脚放大,闻之甚喜。望逐渐放大,不可再裹小。缠足乃是吾国最惨酷不仁之风俗,不久终当禁绝。贤姊为胡适之之妇,正宜为一乡首倡。望勿恤人言,毅然行之。适日夜望之矣。适在此起居如意,名誉亦好,可慰远念。姊归江村时,望代问岳母起居,及令兄嫂、令叔暨诸人安好。

匆匆不尽欲言。即祝无恙。

适手书 [1914年]三年七月八日

厚德堂 江村江冬秀故居堂屋。

致江冬秀

冬秀：

走了一半路了。还有三天半就到莫斯科了。

今早睡不着觉，想到我们临分别那几天的情形。我忍了十天，不曾对你说；现在想想，放在心中倒不好，还是爽快说了，就忘记了。

你自己也许不知道我临走那时候的难过。为了我替志摩、小曼做媒的事，你已经吵了几回了，你为什么到了我临走的下半天还要教训我，还要当了慰慈、孟录的面给我不好过？你当了他们的面前说，我要做这个媒，我到了结婚的台上，你拖都要把我拖下来。我听了这话，只装做没有听见，我面不改色，把别的话岔开去。但我心里很不好过。我是知道你的脾气的；我是打定主意这回在家决不同你吵的。但我这回出远门，要走几万里路，当天就要走了，你不能忍一忍吗？为什么一定要叫我临出国还要带着这样不好过的影像走呢？

我不愿把这件事记在心里，所以现在对你说开了，就算完了，你不怪我说这话吗？你知道我个人最难过的是把不高兴的事放在心里。现在说了，就没有事了。

志摩他们的事，你不要过问。随他们怎么办，与我家里有什么相干？

有些事，你很明白；有些事，你决不会明白。许多旁人的话都不是真相。那回泽涵、洪熙的事，我对你说了，你不相信。我说你不明白实在的情形，你总不信。少年男女的事，你无论怎样都不会完全谅解。这些事，你最好不管。你赞成我的话吗？

我不是怪你。我只要你明白我那天心里的情形，就够了。我若放在心里不说，总不免有点怪你的意思。所以我想想，还是对你说开的好。

适之　道中　十五[1926年]，七，廿六

仁里古村深巷。其间房屋院落鳞次栉比、交错相通，置身其中犹入迷宫。

交错相通的古村深巷。

致江冬秀

冬秀：

我今天哭了女儿一场，你说奇怪不奇怪。

我这几天睡少了，今天下午无事，睡了半点钟。梦里忽然看见素斐，脸上都是面[病]容。一会儿就醒了。醒来时，我很难过，眼泪流了一枕头；起来写了一首诗，一面写，一面哭。忍了一年半，今天才得哭她一场，真想不到。

我想我很对不住她。如果我早点请好的医生给她医治，也许不会死。我把她糟掉了，真有点罪过。我太不疼孩子了，太不留心他们的事，所以有这样的事。今天我哭她，也只是怪我自己对她不住。

我把这首诗写给你看看。

见通伯、叔华时，把此诗给他们看看。整整一年不作诗了，谁知却是死了的女儿来破我的诗戒！

我昨天第一次在哥仑比亚开讲，很有意思。

礼拜三晚上（二月二），一个旧同学请我吃饭；他们有一男一女。他夫人说起，他们的女孩子病了两年多，现在好了，一年之中添了十六磅重。但她身体还不很强壮，只送她在一个私立学堂里去，每天只做半天的工课，就回来休息。后来我们吃饭时，两个孩子都醒了。女孩子在床上喊妈妈去，说："要看看胡适。"我去见她，她不过八岁，坐起来喊我。我心里很感动。大概今天梦里见着女儿，也是那天留下的影象。

我两星期后到哈佛去，行止还不能十分决定。大概四月的船期不能改了，四月十二开船，月底可到家。

祝你们好。

适之　纽约，十六[1927年]，二，五

眼泪也是奇怪的东西，你记得，我母亲死后，我接到电报，手直抖，但没有眼泪。后来走到路上，在饭店里，忽然哭了。到中屯，进外婆家的门，方才大哭。

前年在上海，读法国科学家柏斯德的传，忽然掉了不少的泪，手绢都湿了。

绩溪磡头古村 大约六七百年的历史。村子山环水抱，村人依山造舍，环境独特。

素　斐

梦中见你的面，
一忽儿就惊觉了。
觉来终不忍开眼，
明知梦境不会重到了。

睁开眼来，
双眼迸堕。
一半想你，
一半怪我。
想你可怜，
想我罪过。

“留这只鸡等爸爸来，
爸爸今天要上山来了。”
……
那天晚上我赶到时，
你已死去两三回了。
……
病院里，那天晚上，
我刚说出“大夫”两个字，
你那一声怪叫，
至今还在我耳朵边直刺！
……
今天梦里的病容，
那晚上的一声怪叫，
素斐，不要叫我忘了，

永永留作人们苦痛的记号!

(十六年[1927年]二月五日,梦中见女儿素斐,醒来悲痛,含泪作此诗。忍了一年半的眼泪,想不到却在三万里外哭她一场。)

磡头村中 云川溪穿流而过,村人依势造房。每逢雨季,溪流奔腾,跌水见瀑,满耳但闻流水声。

磡头村中石阶道 房屋从门口到床根也得拾级而上，故村名俗称“磡头”。

致江冬秀

冬秀：

洪安回来，说起你们吃的苦，我很不好过。希望你们一路上顺顺溜溜的到家，没有这样的困苦了。

这几天天气很好，我很替你们高兴。

钱已托卓林先汇两百，由石恒春送上。

慰慈送了乙百元来，连桌子在内，我收了。

丁太太又来请我去讲演，我已答应了，定廿五日与祖望去苏州，廿六（星期）下午回来。

从你走后，我把那篇《红楼梦》写好了，共写了乙万六千字，三夜都到两三点钟才睡，真对不住太太。昨夜早睡了。

祖望寂寞的很，第二天晚上哭了，幸而那天思敬、法正都回来了，法正取入大夏中学，就暂时住在我家里，每天早去晚归。祖望晚上也有个伴。

小三怎么样？他喜欢家里吗？

我的肚子从你走那天起，有点作痛，痛了四天，今天可以说是全好了。

士范的信要赶紧寄去，因为陈聘丞来说，他有信给士范，叫他出来到建设厅帮忙。也许他［收］到的信后就要出来了。

如士范不能来，你可以同近仁商量决定图样。如新买的地可以葬四棺，那就把祖父母与父母合葬，也好。合葬可以省不少的钱与工夫。

千万不要请什么风水先生。如果六婶七婶要请风水先生，只如让他们去葬祖父母，我们大可以不必管此事。秀之回家了没有？他没有来见我。

我很想念你们。祝你们都好。

适之 ［1928年］正月廿九日

记泽叔来过了。房屋的事，由卓林与他议定，除已借乙百廿元外，作为二百五十元，把此事清了。

磡头村 村内古民居90%为明清和民国初期所建。

致江冬秀

冬秀：

路上发了三个邮片，都收到了。但还不曾收到你到家的信。

运棺材的水客名胡成德，是宅坦人。他今天来取了六十元去，后天动身，到家后再向你取六十元。一切都在内，包抬送到家。

秀之今天到了。他不久就要回家。他想独立做生意，要我借他一点资本。我告诉他，我绝对不能帮忙。

圭贞也来了，她明晚动身回北京去，入京师大学理科，明年可毕业。

耘圃有信来，说希望我替丕莹在商务寻个事，又替他自己寻个事。我回了一信，劝他把丕莹送入绩溪县立中学读两三年书。我没有说起帮助他。他若对你说起，我望你答应他，每年帮助一部分的学费。

他自己的事，我此时没有办法。我不曾荐一个人给南京政府的任何机关局所，我也告诉他了。我回的信很长。

我同祖望于廿四日往苏州，住在丁太太的学堂内，他们待我很好。但三十点钟之内，我演说了六次，真干不了！

廿六日去游邓尉山，那天是星期，轿子都没有了。我们走上山，丁太太姊妹都走不动了，我也倦了。还有一位史监督，也倦了。在元墓山的庙里等候轿子，直到天黑，轿子方才回来。抬到光福镇，一家旅馆都找不到，后来住在一家坏旅馆，勉强过了一夜。廿七日，汽油船来了，赶回苏州，下午回上海。这时总算吃了三天苦头。

新六的老太爷病的很厉害，恐怕不好。

祖望很好，这回游苏州，我吃了苦，他却很高兴。廿五日他跟丁大哥去上了一天课，他很喜欢那学堂，先生们也喜欢他。下学年似可以把他送到苏州去上学。你看何如？

祝你好。

适之　十七［1928年］，二，廿九

致江冬秀

冬秀：

士范的图样收到了，我看很好。请你照这样子做，就行了。

墓上似可不必别撰碑文，只用我前交给你的碑文式，就够了。请你同近仁谈谈，行不行？如另需碑文，请赶早告诉我。此坟即系祖父母与父母合葬，碑文不大好做，倒不如用我那种简单的碑志格式。

阿翠的事，请你自己斟酌看。我在外面，有什么法子可以决定？你也不必为她生气。年轻的人不懂世事，请你劝劝她。这个世界是不容易住的，有皮[脾]气的人总要吃苦。做媳妇固然不易，做妻子也不容易。我们最好此时暂不回绝祥钧叔，等你带他出来再谈，你看如何？

我的肚子早好了；喉痛了两天，我托万孚去买了一瓶福美明达，一盒六神丸，两样同时吃下去，明天就好了。这几天，天天下雨，昨天脚背上又发风气，我勉强穿了皮鞋去看新六，走了不少的路，皮鞋一天不曾脱下。晚上脚背痛的很，有点红肿；我用酒精和湿药水擦了一会，今好多了，但还不能穿皮鞋。

儿子阴历生日，我请他去看戏。阳历生日，我答应送他几部小说。

钱已嘱孟邹赶寄了。

适之　十七[1928年]，二，十

中西合璧的民居 窗户上方绘制的时钟显出主人开放的理念。

水街听泉亭 亭角的风铃依不同的风向发出不同的音响，村人听铃声便知天气变化。

致江冬秀

冬秀：

孟邹说，绩溪有信来，那二百元已送去了。卓林的二百元送到了没有？

汝齐的七十元，我已告知卓林，由我送去。

我脚上的病好了，黄钟来打了四针，现在完全没有事了。

你上回信上说，想把坟事交给秀之，早点出来。回此事须请你自己斟酌情形，然后决定。如可以早点出来，那是很好的事。如托别人办不了，还是多住几天，把事体办妥再走。

北京的会，改期到六月。我一时去不了。

家中的事，我想起一两件，请你替我办理。

（1）我自己名下的田，请你托几个本家来谈谈，分作两份，一份归稼嫂收租，一份归秠嫂收租。田虽不多，于他们两家总有点小补。

（2）膳茔田仍照旧由他们轮年收租。

（3）书田也轮年收租。但我的意思，最好与膳茔田不同年轮收。今年秠嫂收膳茔，则稼嫂收书田。明年秠嫂收书田，则稼嫂收膳茔。

（4）几家老佃户，都同我家有感情，不必更换。

坟上的墓碑，我不知道尺寸，请你把我寄回家的坟墓图样寄来，或者把两块碑的尺寸抄了寄来，愈快愈好。

惠平又生了一个儿子，今天第五天了。

思敬知道了阿翠的死信，哭得不得了。我看了十分难过。

适之　十七［1928年］，三，廿九夜

民居内景　让人惊叹民居建筑的精细雕艺。

致江冬秀

冬秀：

江村寄的邮片收到了。

明天（四月二日）当令亚东赶汇两百元。

祖望近来似有病，我晚上常常看见他出大汗，连看了多少次，心里决定这不是怕热，必是一种根本的病。明天我要送他去，给一个有名外国医生细细一验。

我怕他是肺病。

阿翠死后，家乡出了许多奇怪谣言。前天近仁说，有人说阿翠吞金死的，我听了当作笑话。今天去看祥钧叔，他也说，听见人说阿翠吞金。我把你信上说的病症告诉他。大概外面总还有不少的怪话。这种话不知如何造出来的。可不必告诉在秠嫂，也不必同外人谈。不去理他，谣言自消灭了。

前天信上，我不劝你早出来，现在我劝你早点出来。将来如必要时，让我自己再回去一遭。

你到杭州，在拱宸桥起岸后，可直到西湖边上，住西湖饭店，或聚英雄馆，或环湖旅馆都好。到后可打电报给我。

你若走芜湖，若到南京住下，便不必打电报叫我。因为我此时还不愿到南京。

昌伯、仰南都到上海了。住在斗南处。

适之 ［1928年］四月一日

民居内景 让人窥见农家生活一斑。

宣立在水街边的石狮。

致江冬秀

冬秀：

十八日的信收到了。

你这封信是有气的时候写的，有些话全是误会。纪念碑文当初我本不曾想着要做。士范既留此碑地位，我起初就决定留着空碑，后来再补刻。此墓乃是四人合葬，碑文最不易说话；祖父的事实，我很模糊了；借来一本族谱，不料连他死的年月日都没有，真是奇怪。所以在上回写信给你说碑文不必刻了。

这是实在情形，你说我“不拿你当人”，又说我“害”的你，都是想错了。

士范今天也在我家中，他谈到此碑。他说此碑斜平在上，将来不妨补刻。如嫌空碑不雅观，可以不用碑，全用灰泥盖顶，将来有碑时再立不迟。

冯村古民居　地位群山环抱之中。绩溪冯姓祖居地，唐咸通年间于太行山迁居而来，距今已有千年历史。

冯村曲岸水街 槐溪水由西向东穿街而过，溪上石桥横卧，逼真的小桥流水人家。

你此次替我做了这件大事，我心中只有感激，一百二十分的感激。你若怪我害你，那就是太多心了。千万不要往坏处想，我不是一个没有心肝的人。这话是我挖空心肝来同你说的。

我时时刻刻想你回来，卓林回家时，我还托他想法子托个人照应，请他同你回来。

昨天想做两条灰色哔叽的单裤，托徐太太去买材料，她叫新六来说，她叫人去做罢。

祖望身体还好。夏天到了，小孩子在这个空气干净地方，总还没有大危险。

祝你们好。

适之　十七［1928年］，五，廿五

信写成了，我想了一想，也许能自己写一篇空泛的碑文。你等我三天，若三天之后，碑文不寄到，请决计不用碑了。

适之　半夜后两点钟

致江冬秀

冬秀：

月亮快圆了，大概是十二三夜。我在旅馆的十四层楼上看月亮，心里想着你，所以写这信给你。

我到外国已是五十天了，什么事都没有做，只是忙来忙去，一天没得休息。

前天礼拜六，有一次大演说会，听的人有一千多人。那天早起，我觉得不大舒服，吃了早饭，全吐出了。午刻到了宴会上，全无胃口，所以没有吃中饭。到了两点钟，轮到我演说，我站起来，病也没有了，演说很有力量，也不觉吃力。说完了，又答复了许多问题。人多，外面大雨，窗不能开，所以屋子里很热。我出了力，出了一身大汗，里衣全湿了。回到旅馆里，我不敢脱衣服，也不敢洗澡。但这一身汗出来之后，我的小病全好了。到了五点钟，肚子觉得饿了，我才叫了点东西来吃。吃了之后，精神完全好了。

五点一刻李［国］钦的父母来接我下乡去，在他家里换礼服，八点到前任大总统罗斯福的大儿子家中去吃饭。席上有英国大文豪韦尔斯先生。饭后闲谈到十点半，回到李家过夜。

大夫坊。冯村的牌坊有五座，大夫坊位于村西，四柱三门五楼，为知州冯兰而立，通体用花岗岩雕凿而成。

进士第牌坊 立冯村中部，明代为冯容而立。该坊四柱三门五楼，歇山式楼顶，通体以花岗岩石雕成，梁坊采用浮工雕艺，图案精美，气势雄伟，堪称徽州牌坊建筑中上乘之作。

昨天星期，我躲在李家休息了一天。上午出去走路，走了三英里，约有十个中国里，走的一身大汗。下午又出去走了一点钟。

今早九点，我坐汽车回到纽约。中饭在哥伦比亚大学同一位老师吃饭。下午有人来吃茶，谈了两点钟。晚上又换了礼服，出去到一个朋友家吃饭。到十一点半才回家。写完这信，我也要睡了。

杜威先生上月二十日过生日，整七十八岁了，精神还是很好。他常问起我家人口安否。

祝你们都好。祖望写了三封信来，他很平安。

糜 廿六[1937年]，十一，十五夜

大夫第

大樹第

名门府第　冯村皇赐名门府第诸多，依次列居槐溪两岸，如大夫第、协政第、刺史第、旌封第、州牧第、五马第、进士第、州司马、大树第等等。

致江冬秀

冬秀:

一路上曾有信给你,想已收到了。

我现在不回国,大概还得住好几个月,也许住一年,此时全无把握。有两三个大学要留我在美国教书,我不曾答应,但允许他们仔细考虑。我决定后再告诉你。

你说我的书有一个书目,有三百页之多。请你雇一个人把这书目抄一本,寄给我,我就可以用这书目了。单有一本书目是不够用的。抄书目的事,可以同洪芬兄商量,或伯遵兄商量,不必惜费,越快越好。

你们听说我二月回来,那是谣言。基金会四月底开会,我本想赶回来,但实在走不开,只好不去了。

你们同伯遵兄同住,一定有照应,但天气暖热时,如有合式房子,最好还是自己租一所小房子。

我将来回国,也不回上海,一定先到香港,直到长沙或汉口。这是后话,将来如何变化,谁也不知道。

书籍存在天津,没有搬来上海吗?如没有搬来上海,可不必搬了,一切可听竹垚生兄料理。

我这回出行,共须走一万多英里,现在已走了六千英里了。昨夜离开洛杉机(即好莱坞所在地),明天回到西雅图,后天(二月廿三)出美国境,到加拿大。在加拿大本定住十四天,现在改成十八天,三月十三日回到美国境内;英国人要我五月去讲演,现在暂时决定不去。

我身体很好,人都说我胖了。去年九月做的衣服都觉得紧了。

祝你们都好。

骍　廿七[1938年],二,廿一(火车上)

徽风民居内景。

致江冬秀

冬秀：

我自从一月廿四日出行，走了一万一千里，三月十八日回到纽约，休息了几天，又出去走了五天。现在总算可以稍稍休息了。

我这回出门，虽然很辛苦，但身体很好，竟没有病。

林行规先生带来的信，两个儿子寄的信，都收到了。我因为太忙，所以许久没有回信，一定叫你们不放心，我真不安。以后真要多写信了。

同行的两位，张先生一月底回去了，钱先生昨天上船往英国去了。昨天忽然大冷，有雪，下午下了五六寸雪。四月雪中送客，我很觉得寂寞。同行三人，现在只剩我一个人了。

林先生带来茶叶三瓶，都收到了。茶叶很好，我有工夫在旅馆，总泡一小壶喝喝。

林先生现在也到纽约了，我们同住在一个旅馆，常有见面谈天的机会。

你托他带来的口信，也寄到了。

他虽然很近视，眼力不方便，但还是单身旅行，住最便宜的旅馆，吃最便宜的饭，非常客气，不要我们帮一点忙。他因为我住在这里，所以勉强住在这个旅馆里，这样的人，最可以使我们佩服。

我现在还没有决定将来的计划，但我这几个月大概还在美国。

请你告诉洪芬，编辑会的钱，我一定不能收了，请他加在张子高的月费上。

我不久可以寄点钱给你用。

祝你们好。

骍　廿七［1938］年四月七日

我在纽约住了近六个月，只看了一回戏，只看了一次电影。林老先生来了，我也没工夫陪他玩玩。

致江冬秀

冬秀：

三月十八、三月廿八日的信，都收到了。

我始终没有去英国，报上的话是误传。

你们应该搬家，我盼望你此时已寻着地方了。

我盼望你不要多打牌。第一，因为打牌最伤神，你的身体并不是那么结实，不要打牌太多。第二，我盼望你能有多一点时候在家照管儿子；小儿子有一些坏习气，我颇不放心，所以要你多在家照管照管儿子。第三，这个时候究竟不是整天打牌的时候，虽然不能做什么事，也应该买点书看看，写写字，多做点修养的事。这话并不是责怪你，只是我一时想到，写给你想想。

昨天在火车站上候车，把外套脱下，上一个天平称称看，恰是一百三十八磅半，连衣服皮鞋在内。

近来我身体很好，就是忙一点，有时候饭食不按时候，睡觉也不很规则。前天我坐火车去东方一个女子大学（威尔斯女子大学）讲演，昨天赶回纽约，来回四百多英里。晚上在纽约讲演"五四"。讲演完了，顾毓琇的弟弟毓瑞请找去他家吃炒面。回旅馆已在半夜后，看了几张报，到两点半方才睡觉。今天起晚了，十点半吃了一些早饭。到下午三点半才吃午饭。作客的生活，最苦的是一个人出去吃中饭夜饭。从前有张先生、钱先生在此，后来钱先生走了，有林行规先生在此，常常一块吃饭。现在他们都走了，我常常一个人出去寻便宜馆子吃饭。有一天我到近边一处俄国小饭馆，名叫"俄国熊"。我一个人吃饭，想起林先生常同我来这里吃饭，我心里想念他，就写了一首小诗寄给他：

孤单客子最无聊，
独访"俄熊"吃"剑烧"。(剑头上烧的羊肉)
急鼓哀弦灯影里，

无人会得我心潮。

写这故事,叫你们知道,我在客中的情形。我在美国半年多,只看过两次戏,一次电影。

我的行止计划,现在还不能定。教书的事,我很费踌躇,后来决心都辞掉了。这个决定是不错的。我不愿在海外过太舒服的日子。良心上过不去。

书目抄好了寄来不迟。一时不抄也不要紧,因为我决定不在此教书了。

西洋参和手表,我要托人去买,买了就寄给你。祝你和小三都好。

骍　廿七[1938年],五月,五日

冯村古巷民居　清一色白墙黛瓦马头墙,若临其境,令人顿感徽派文化的浓郁气息。

致胡祖望

祖望：

你这么小小年纪，就离开家庭，你妈和我都很难过。但我们为你想，离开家庭是最好办法。第一使你操练独立的生活；第二使你操练合群的生活；第三使你自己感觉用功的必要。

自己能照应自己，服事自己，这是独立的生活。饮食要自己照管，冷暖要自己知道。最要紧的是做事要自己负责任。你工课做的好，是你自己的光荣；你做错了事，学堂记你的过，惩罚你，是你自己的羞耻。做的好，是你自己负责任。做的不好，也是你自己负责任。这是你自己独立做人的第一天，你要凡事小心。

你现在要和几百人同学了，不能不想想怎么样才可以同别人合得来，人同人相处，这是合群的生活。你要做自己的事，但不可妨害别人的事。你要爱护自己，但不可妨害别人。能帮助别人，须要尽力帮助人，但不可帮助别人做坏事。如帮人作弊，帮人犯规则，都是帮人做坏事，千万不可做。

合群有一条基本规则，就是时时要替别人想想，时时要想想："假使我做了他，我应该怎样？""我受不了的，他能受得了吗？我不愿意的，他愿意吗？"你能这样想，便是好孩子。

你不是笨人，工课应该做得好。但你要知道世上比你聪明的人多的很。你若不用功，成绩一定落后。功课及格，那算什么？在一班要赶在一班的最高一排。在一校要赶在一校的最高一排。工课要考最优等，品行要列最优等，做人要做最上等的人，这才是有志气的孩子。但志气要放在心里，要放在工夫里，千万不可放在嘴上，千万不可摆在脸上。无论你的志气怎样高，对人切不可骄傲。无论你成绩怎么好，待人总要谦虚和气。你越谦虚和气，人家越敬你爱你。你越骄傲，人家越恨你，越瞧不起你。

儿子，你不在家中，我们时时想念你，你自己要保重身体。你是徽州人，要记得"徽州朝奉，自己保重"。

你要记得下面几件事：

（1）不要买摊头上的食物，微生物可怕！

（2）不要喝生水冷水，微生物可怕！

（3）不要贪凉。身体受了寒冷，如同水冰了不流，如同汽车上汽油冻住了汽车便开不动。许多病是这样来的。

（4）有病赶快寻医生。头痛是发热的表示，赶快试验温度表（寒暑表），看看有无热度。

（5）两脚走路觉得吃力时，赶快请医生验看，怕是脚气病。脚气病是学堂里常有的，最可怕，最危险。

（6）学校饮食里的滋养料不够，故每日早起须吃麦精一匙。可试用麦精代替糖浆，涂在面包上吃吃看。

这几条都是很要紧的，千万不要忘记。

你寄信给我们，也须编号数，用一本簿子记上，如下式：

家信苏州第一号　　0月00日寄

苏州第二号　　0月00日寄

你收的家信，也记在簿上：

爸爸苏州第一号　　八月廿七日收

爸爸苏州第二号　　0月00日收

妈妈第三号　　0月00日收

儿子，不要忘记我们，我们不会忘记你。努力做一个好孩子。

爸爸　十八［1929］年八月廿六夜

本文选自《胡适遗稿及秘藏书信》第21册，黄山书社1994年版。标题为编者加。

古村民居灶头间　时蔬现采，炊烟绕梁。

编后语

胡适是现代中国了不起的大学者和思想家，他对我们这一代，乃至今后若干代的影响是无法估计的。胡适的故乡在安徽皖南山区，他常以“我家世居绩溪县”、“我家世代乡居”、“我是徽骆驼”引以自豪。绩溪的山山水水、村村落落、居住习俗、亲情关爱、人际交往以及中华民族的传统文化理念，对少年时代的胡适有着很重要的影响，打下了深深的烙印。书中编就的文章和辅之的图片，意在增强读者的阅读兴趣和对绩溪的直观。

胡适的文章已发表的版本诸多。本书收纳的文章，主要选自上个世纪早期上海《新月》月刊发表的文章、亚东图书馆出版的《胡适文存》、大东书局出版的单行本以及上个世纪九十年代黄山书社出版的《胡适遗稿及秘藏书信》，每篇文末均详尽注明资料的出处。考虑到本书是大众读物，编选时对极少数文字作了订正，并在文章的体例上作了技术上处理。

陆宗寅
2013年11月于浦东新区绿波城